Providence
Anita Brookner

天意

[英]安妮塔·布鲁克纳 著

锡兵 译

作家出版社

目录

第一章　*1*

第二章　*17*

第三章　*32*

第四章　*48*

第五章　*63*

第六章　*77*

第七章　*92*

第八章　*107*

第九章　*121*

第十章　*136*

第十一章　*150*

第十二章　*165*

第十三章　*179*

第十四章　*196*

第十五章　*209*

第一章

很难说凯蒂·莫勒是怎样一个人。都知道她有家人,每到周末又总不见她的踪影,所以大家都推测她住在乡下,尽管她衣着讲究,看着就是城里人。每当有人问起她的身世,凯蒂通常都简而化之,因为她的家史或许算得上有些奇特。她觉得仔细地回答,未免太累人了。那些奇异的职业、习惯、风俗,虽然对她来说,就像自己头发的颜色那样自然,但却没法指望大多数人懂得,因此需要很多附加的解释,需要很多脚注。她通常说:"我父亲是军人。我出生前他就死了。"她说的虽是实情,却不是全部真相。她把家史中首要的角色分派给了父亲,但她自小连父亲的缺席都未有察觉。简而言之,父亲从来就没在她的身边。她母亲倒是一直在,还有她的外祖母和外祖父。这三个人,作为她的父母、她的记忆、她的某些专门知识、某种出生背景,哪怕到他们死后很久,也都一直会持续地存在下去。几乎偶然地,通过一段战时婚姻，这三个亲人曾经和英国的生活习俗有过接触，却都丝毫没有因此而改变。尽管如此，凯蒂觉得自己是英国人，所以她说："我父亲是军人。"确实，对于她的英国特性，也从未有人说三道四。然而她觉得自身的某一部分过于精明而戒备，对他人缺乏信任，过多地留心别人的言外之意，而非别人所说的话。她认为这些特点都是某种道德缺陷的表征，于是她总是急忙地重新投入到自己毕生的努力中去，去建立真的、善的或许还有美的事物，去相信每个人的优良本性，去享受生活所赐予的，而不总是为生活所扣留的而抱怨。事实上，她的父亲就是这被扣留的部分。

她的母亲，玛丽-特蕾斯，终身都是自己父母的法国小女孩。这小女孩的父母，规划了自己女儿的美好婚姻，尽管这段婚姻得而复失，早已是过眼云烟了。玛丽-特蕾斯是个永久的 pensionnaire[1]，爱家、守节、安静、孝顺自己奇特的父母，也就是凯蒂的外祖父母。而正是凯蒂的外祖父母，一贯地消解着关于凯蒂的英国特性的杜撰。这种杜撰，凯蒂本人热烈地相信着，而且认识凯蒂的人，也没有哪个试图怀疑过。凯蒂有两个家。一个家在切尔西[2]，是一小套公寓房间。她父亲的照片就放在那儿，那是他最后一次休假时拍

---

[1] 法语：天真的女人或姑娘。——译注，以下省略。
[2] Chelsea，伦敦西南的一个区域。

的。另一个家，是她外祖父母在郊区的房子。那儿，只要一进大门，闻到的各种气味、见到的各种陈设、听到的持续不断的交谈，都令人恍如置身于巴黎或者更加偏东的某地的某所公寓。那儿有一种昏暗的外观，一种古板的舒适氛围，有往昔合乎礼仪的餐饮散发出的余味，还有一种沉闷；那儿，许多时间花费在起床、吃饭、喝咖啡这些常规事情上；那儿有一种对食物的强调，对食物的中心地位的强调；那儿有巨大的悲哀，编织起简单而空虚的日子，却没有绝望，没有英国医生所熟知的、称为抑郁的那种毛病。但有悲哀，很多的悲哀。当凯蒂回到她的另一个家，回到她在切尔西的井井有条的小套公寓，她觉得家里空无一物，没有气息、滋味、氛围、声音、食物。她会向窗外寻找生活的迹象，却没有意识到，在她的另一个家，在郊区她外祖父母的家，她从来也没这么做过。偶尔，从街角的酒馆会传来一声叫喊，但在她看来，就算在那儿也很少有什么事情发生。在那些星期天的晚上，她会俯视这条空旷的街道，内心隐约地感到不安，渴望成为某一种人或者另一种人，因为她觉得自己表里不一。她探询地端详照片上的父亲，这个在她心目中是"父亲"的人。她把外祖父叫作爸爸，她把外祖母叫作露易丝妈妈。他们叫她特蕾斯，这是她一回到他们身边就启用的名字。不在他们身边的时候，她是凯蒂。大多数时候她觉得自己是凯蒂。不过也不总是，但大多数时候是。

老天不公,她的父亲约翰·莫勒早已死了,但她的外祖父母却都还活着,把寡妇和她的孩子拉回到自己身边来照顾。奇特之处就由此而来,因为她的外祖父母和其他人都不一样,或许他们注定了就是凯蒂个性中那个陌生之岛的标志,这个陌生之岛给凯蒂带来了足够多的麻烦。她的外祖父瓦金,是个俄罗斯人,他的家族在二十世纪初就漂泊到了法兰西。他起先在一个小杂技班子,有好几年都在外省巡回演出,最坏的时候还到边远地区的乡村集市、货品交易日表演杂技。这个杂技班子的成员总共就是瓦金和他的两个兄弟。他们运气最好的时候,在巴黎的奥林匹亚音乐厅签了约。一天晚上演出结束后,瓦金和他的两兄弟在一个小餐馆吃晚饭,他遇见并爱上了一个样子大胆的黄头发姑娘。看得出来,这姑娘是和她的几个朋友晚上一起出来闲逛。她们去过奥林匹亚,认出了这兄弟仨。她们一点也不显得害羞,用通红而皲裂的手举起杯子向兄弟三人致意,她们的态度仅仅稍有一些嘲弄的意味。不久他们就坐在了一起,正式地用fine[1]来相互敬酒了。这些姑娘是圣德尼街的缝纫女工,露易丝是其中那个黄头发的姑娘。她对未来雄心勃勃。她说,在女装行业有大钱可赚。她计划去伦敦,那儿有她的一个姑妈,她要去自己开裁缝店。当互道晚安的叫声在霜冻的街头

---

[1] 法语,白兰地酒。

消逝，瓦金知道他会离开小杂技班子，跟着她远走高飞。干吗不去呢？很容易做这个决定。

他们结了婚，去了伦敦，在佩尔西街上找了两间房子。生活并不轻松，但露易丝既聪明又坚定。她一开始做外包工，但不久就有了自己的客户。瓦金负责送货，他杂技演员的双腿在伦敦的街道上蹦跳而过。不久，他们有了一个小女孩，玛丽-特蕾斯。瓦金用婴儿车把她推来推去，她的脸蛋被当地形形色色的店主和铺商抚摸。一个温热的面包卷，或者一块水果，会塞进她的小手，她会在家里一边听着母亲缝纫机的声音，一边把它们仔细地吃掉。她心不在焉、无所事事，可以一动不动坐上好几个小时。这些跟她的双亲都毫不相像。露易丝夜以继日地工作，她大胆而聪明的眼神，现在蒙上了疲惫的阴影。"来吧，玛丽-特蕾斯，"瓦金会说，"我们来想一想，做什么热腾腾的晚饭给你妈妈吃呢？"露易丝会休息十分钟，吃那个小女孩假装帮忙做的晚饭。"谢谢你，我的鸽子。"她会这样说。她会侧过头让女儿亲她，然后回到缝纫机旁，一直干到深夜。

对露易丝和瓦金来说，他们生活的顶点不是女儿降生的时刻，而是他们在格罗夫纳街的服装店里成功地安顿下来的日子。现在露易丝的客户多得应付不过来。比起和她母亲做伴，玛丽-特蕾斯更习惯和工场的女工们为伍。然而父母两人都强烈地以她为傲。她是这么安静，这么温柔，这么优雅。

他们想不明白，在自己拼命劳作的生活中，怎么会产出这样一个精致而明显无用的东西。他们用黑色调的衣服打扮她，还衬上小小的白色衣领（这非常时髦，是露易丝亲手做的），训练她做服装店的前台接待员。他们把她送进了一个法语学校，她的举止迷人而庄重。露易丝的主顾们都很喜欢她。

一天，新近才被任命的约翰·莫勒上尉，陪同他妹妹芭芭拉，来为她的结婚礼服试衣。他尴尬地坐在一张镀金的小椅子上，观赏玛丽-特蕾斯纤细的颈项和手腕，尽管他暗自对她的母亲感到惊骇。在他看来，露易丝肥胖、沙哑、粗俗；他从来也没见过染得这么明显的黄头发；当烟灰从她的雪茄烟嘴上掉到胸口，他会不由自主地去看。她聪明能干，她见多识广，她疲惫不堪；她捏紧芭芭拉腰间的裙褶，把结婚礼服的领口朝下拉，扮个鬼脸，又重新拉上去。芭芭拉则因为恼怒而脸色泛红，但她毫无怨言地忍受着，因为她的长相并不讨人喜欢，而且知道露易丝会让她显得比平常漂亮。

当玛丽-特蕾斯征得母亲的同意，外出喝茶的时候——因为露易丝想要割断她女儿和工厂的任何联系——约翰·莫勒跟着她出去了。他一次又一次地陪妹妹到服装店来，最终向玛丽-特蕾斯奉上了订婚戒指。他们在约翰·莫勒的载运假期[1]结了婚。露易丝为她女儿缝制结婚礼服，整晚坐着把

---

[1] embarkation leave，军人去海外出征前的休假。

它缝完了。用的面料是色调最浅的粉红色中国丝绸。这是个大胆的决定，目的是衬托她女儿娇嫩的白皮肤。没用面纱，用的是小小的筒状女帽。那是露易丝所做过的最美的结婚礼服。

她和瓦金给女儿穿上结婚礼服，就好像她是个阔绰的主顾在最后试穿新衣。瓦金跪着调整裙褶，雪茄烟嘴搁在了一旁的露易丝，把窄袖拉下来抚平。在十五分钟的彻底沉默之后——因为玛丽-特蕾斯沉浸在她自己的梦中——瓦金坐起来蹲在了自己的脚跟上。"Ça y est[1]."他宣布说。露易丝把胳膊交错在胸前，退后一步审视她的女儿。难得的笑容在她严肃的脸上绽放开来。她走上一步，轻轻地捏了捏玛丽-特蕾斯的脸颊，好让她的脸有点血色。"Ça y est."她同意道。她最后匆匆地捏一下她的下巴，又说："Vas-y, ma fille[2]."

玛丽-特蕾斯和约翰·莫勒去海边度了蜜月，那时海边正值旅游淡季。他们手拉手不停地走路，谈论各自的童年。事实上他们像两个互相把对方选为最好朋友的孩子。晚上他们在彼此的怀抱里沉睡，早上他们轻松地醒来，因为年轻而无忧无虑。他二十一岁，她十八岁。在他们蜜月的末尾，同时也是他假期的末尾，她到维多利亚[3]去为他送行，然后

---

[1] 法语：行了。
[2] 法语：走吧，我的女儿。
[3] Victoria，伦敦火车站。

回到格罗夫纳街她父母的身边。她再也没见过约翰·莫勒，因为他不久就战死了。她婚礼的九个月后，产下了一个女婴——凯瑟琳·约瑟芬·特蕾斯。

玛丽-特蕾斯丧夫的消息所带来的震惊，以各不相同的方式体现出来。瓦金是唯一痛哭的人，他英俊的棕色面庞，在悲伤不由自主的发作中皱起。露易丝持续不停地工作，每天晚上都在画草图，抽烟，咳嗽。她任由黄色染料从头发上褪去，她的头发变白了。她女儿每星期带着孩子回格罗夫纳街的时候，她说得很少，但她浮肿而聪明的眼睛什么都没错过。她看出玛丽-特蕾斯的苍白脸色有些不太对劲，而当医生诊断出贫血症和心区杂音时，她并不感到吃惊。她自己的姐姐贝尔丝也有同样的毛病。在郊区有所空荡荡的小房子，那是约翰·莫勒的父母给儿子媳妇的结婚礼物。她在里面安顿了一系列避难者和流离失所的人，而当孩子长大到上学的年龄，她在杜尔威奇[1]买了所大些的房子，把它的两层分隔开，变成两套公寓房间。等孩子长到二十五岁，就能得到约翰·莫勒的一小笔遗产。在那之前，她必须和母亲一起待在家里。

玛丽-特蕾斯给她女儿看了那件美丽的浅粉色结婚礼服，还说："到时候露易丝妈妈也会给你做一件的。"然后她

---

[1] Dulwich，伦敦某区域。

把手按在肋间——那段日子她常那么做——细声细气地说她得去休息一下了。"露易丝妈妈!"那孩子在格罗夫纳街的家里喊道,"你会给我做结婚礼服吗?""会的,我的鸽子。"露易丝说,"爸爸还会给你做结婚蛋糕呢。"

"瓦金,"在母女俩的来访结束之后,她对自己的丈夫说,"这样下去要到什么时候算完?她一点也不考虑争取再婚的事,整天在家和孩子一起坐着。那孩子很聪明,将来会出去闯荡的。玛丽-特蕾斯该怎么办呢?而且我还需要更多的棱纹丝带,赫伯特小姐的裙子要用的——你得到摩尔蒂默街去。这个'新风貌式'[1]简直累死人了。工场里的姑娘们都在抱怨。我恨不能杀了克里斯蒂安·迪奥[2]。"

但她还是继续工作。她设计的舞会圈环裙,让她在五十年代变成了名人。很多初次进入社交界的叽叽喳喳兴高采烈的女孩们,为她们的第一个社交季节,来她这里买衣服。她把她们慑服到近似于娴静端庄的状态,并从中得到了某种饱含轻蔑的满足。只有迷你裙的降临,才让她深感恐慌。突然之间,伦敦满街都是肆无忌惮的年轻姑娘,就如同她青春时期的圣德尼街那样。大捆大捆的缎子、塔夫绸、透明硬纱,用作髋部垫料的硬麻布,用于无肩带胸衣的鲸鱼骨,突然就

---

[1] 1947 年在巴黎流行起来的女装样式,以宽摆长裙为特征。
[2] 著名时装设计师。

全都过时了。露易丝头发雪白,她的脸上皱起了褶子,她的眼睛在香烟的烟雾里眯缝着。瓦金看上去却一点也没变老。他还是那样矮小、柔韧、皮肤黝黑,和她在奥林匹亚的舞台上第一次见到时一模一样。他现在包揽了所有家务,还负责跑腿的事。在索霍[1]他时常现身,头戴贝雷帽,脚蹬软底鞋,一路蹦跳着就好像在进行什么训练。

然而他们确实老了,而且自己也能感觉得到。他们再也跟不上潮流了。当初次进入社交界的女孩们发现了尼泊尔,开始驾驶陆虎[2]车,他们断定自己已经受够了。在露易丝心脏病发作之后,他们给工场里的女工们发了养老金,变卖了剩余的租赁权,搬进他们在杜尔威奇的房子,住在上层,这样可以和玛丽-特蕾斯住得近些。在那儿,露易丝不顾医生的命令,一直坐着抽烟。她玩单人纸牌游戏,通读她积攒的一大堆 *Vogue*[3] 和 *L' Officiel*[4]。瓦金现在比以前安静了些,他负责到商店购物,还管烹饪。

这是个古怪而异常的家庭。凯蒂热爱英格兰,这种热爱的强烈程度,只有当一个人不完全是英格兰人的时候,才有可能达到。对她来说,露易丝、瓦金和玛丽-特蕾斯几乎

---

[1] Soho,伦敦的一个社区。
[2] Land Rover,英国产的一种多用途越野车。
[3] 法国《时尚》杂志。
[4] 法国《正式场合》杂志。

都令她难堪。他们把她送进了寄宿学校，她的寄宿生同学们都很精力充沛、自信、友善，还邀请她去家里度假。当她挣扎着努力和她们达成一致的时候，她几乎更愿意自己无名无姓、难以捉摸，尽管她因为从不认识自己的父亲而感到遗憾——他发黄的照片就放在母亲的床头桌上——而且一想起那件淡粉色的结婚礼服，她心里就感到刺痛。每次从同学那儿回到家里，她发现自己需要几天时间才能从凯蒂转变成特蕾斯。瓦金热衷于厨艺，常常会在意想不到的时间，把一碟碟食物放到她的跟前，催促她品尝他最新的创造。这些食物通常既香气浓烈又别出心裁。渐渐地，那单调而令人安心的学校晚餐才会从记忆中褪去。露易丝会用评判的眼光，审视她外孙女的优雅身材和娇嫩而苍白的面容，并且满意地点头。露易丝知道她穿什么衣服都会很好看的。在寡居中重新恢复到处女状态的玛丽-特蕾斯，在小公寓里慢吞吞地走动，浇灌她的植物，上瘾地阅读她的浪漫小说。这些书凯蒂有时候也借来看。他们也听音乐。凯蒂用第一次得到的零花钱给他们买了架收音机。瓦金的手打着节拍，表情严肃而苛刻，他腿上的肌肉不由自主地抖动。每天的大部分时间，他都在她们的公寓房间里，为"我的姑娘们"做杂事。露易丝则在楼上玩单人纸牌游戏。他们在一起吃饭，因为这样更简单些。吃饭的时候他们说法语。每次餐后，葡萄酒瓶都用软木塞重新塞住，就像某种仪式。吃色拉用的盘子，也用来盛放肉类。每餐都有很多面包。玛丽-特蕾斯觉得爸爸的烹饪口味过重，常常不舒服地大口喘气。"Petite nature[1]."露易丝不无慈爱地说，一边把叉子插进一个苹果，转动着苹果削皮。

在她继承父亲遗产的两年之前，凯蒂搬进了自己的家。露易丝和玛丽-特蕾斯都鼓励她这么做，但是瓦金很伤心。她在老教堂街找到了一小套房间，位置在切尔西的河[2]边。公寓里的家具，都是她买来的价值平平的二手货。接着她开始着手自己的学术研究——因为露易丝说对了，她果真是个聪明的孩子。不过她每个周末都会回家。她走出车站的时候，有时会看见瓦金。瓦金头戴巴斯克[3]贝雷帽，脚蹬网球鞋，总是在水果店里捏捏水果看熟了没有，或者在闻着鱼贩子的鱼，或者在要求店主允许他品尝奶酪。她自身的一部分，因为想象中店铺老板的敌意而感到难堪，另一部分则钦佩他的固执，又一部分希望她的英国父亲还活着，还有一部分则留意到打折的时尚杂志，并且买了送给露易丝。

对全家人来说，她是个神奇的外国人。"你知道，我亲爱的，你并不需要这么用功读书。"她母亲说，"我倒愿意你多出去走走，多认识些人。"她并没说到哪里去，因为她自

---

[1] 法语：指体质虚弱，娇生惯养，不能吃苦耐劳的人。通常有贬义。
[2] 指泰晤士河。
[3] Basque，西班牙北部地区。

己也不知道。瓦金则打开她的篮子，欣喜若狂地嗅着给他买的新磨咖啡。露易丝对她的衣服最感兴趣。"成衣？"她会不相信地问。"成衣？Mais tu es folle, ma fille[1]. 我还能做衣服啊，我做的衣服你在伦敦哪儿都找不到。瓦金，把底层抽屉里那件绸套衫给我找出来。"于是凯蒂会穿着她的衬裙度过大半个周末，而同时露易丝在给她做衣服。玛丽－特蕾斯会在一旁看着，或者神思恍惚地听着收音机，她把手绢夹在小说里，以免忘了已经读到哪里。晚餐以后，他们会在一起看电视，因为瓦金和露易丝就像孩子一样，非常着迷地紧跟着各种各样的连续剧。玛丽－特蕾斯很快就累了，但觉得自己有义务陪他们一起看，她被自己父母脸上专注的表情隐约地感动着。"我看这些人都不幸福，你说呢，爸爸？"她会这样说，或者会说："你说对了，妈妈，她是贪图他的钱。""Belle fille tout de même[2]."露易丝会细声地说，她的眼睛眯缝着，好像在丈量尺寸。他们早早地上床了，因为凯蒂到一天结束时就厌烦地打起了哈欠。凯蒂会拿一本玛丽－特蕾斯的小说，带回自己的小房间，因为她无法面对自己知道该读的书。那些书在老教堂街等着她呢。她的研究主题是浪漫主义传统。

---

[1] 法语：可是你疯了，我的女儿。
[2] 法语：美丽的姑娘都是这样。

她申请并且得到了某个地方性大学的一个研究性职位。这学校虽小，但获得的捐赠资助却很丰厚，它的历史系和微生物系都很有名。她立刻就因为做工优良的精美衣着而引人注目了。"时髦女郎莫勒。"系主任的秘书议论说，"她一定是滚在钱堆里的。"一种名声就这样错误地建立起来了。过了几个月，系主任的秘书又对她的朋友说："要是她有钱到巴黎去买衣服，我就不明白她为什么还要在这儿打发日子。"她说这些话的时候，凯蒂正在切尔西的家里，丢弃一个潮湿的、鼓鼓囊囊的三明治，这是瓦金硬塞到她篮子里的。瓦金觉得她回家后肯定需要充饥。她手上的气味很难闻。她洗了好几次手，才坐下来去面对浪漫主义传统。从一种生活到另一种的转换，并不总是容易的。

玛丽-特蕾斯在某天吃晚饭的时候死了。她死得很快，很安静。此后，两个老人变得更老了，看上去好像回到了他们在巴黎时不如现在这么光鲜的日子，那时候成功尚未来到，尚未带来他们现在享有的不算过分的富裕。露易丝的衣服上现在沾满烟灰，她浮肿的双脚挤在拖鞋里。瓦金在室内也懒得摘下贝雷帽。只有周末，当凯蒂回来的时候，他才放纵于自己充满活力而杂乱无章的烹饪。她刚一进门，还在渴望咖啡的时候，溏心鸡蛋就已经在等着她了。杯托上摇晃着的一杯杯汤汁，也在下午频频出现。她把一切都吞咽下去，因为她害怕让他更加伤心。她觉得很难忍受和露易丝坐在一起,度过漫长的一天。露易丝的目光现在呆滞而茫然。凯蒂问起他们过去的事情,想让他们活跃起来,因为她记得,他们是她认识的人中最活泼的。露易丝只会说:"要是她再婚就不会这样了!""可是露易丝妈妈,她现在和父亲在一起了。"凯蒂说。她的声音自己听来都很假,就像她在学校里低声说出的祈祷。露易丝会耸耸肩,瓦金的脸上会闪过怜悯的表情,就好像到此刻他才意识到,一种陌生而多愁善感的文化,影响了自己的外孙女。在他和露易丝的世界里,一个人拥有自己的青春、精力和决心。除此之外没有什么是现成的,但一切都可能失去。事实也正是如此。

渐渐地,凯蒂变得惧怕起周末来。对她来说,殷勤地推到她面前的食物,就是周末的象征。她开始推辞,但看到瓦金垂头丧气地把食物端走,她又感到心痛。他们很少说话,她想尽办法让他们高兴起来,却收效甚微。他们总是等着听她的新情况,但她没什么新情况可说。偶尔,被一种奇怪的恶意所鼓动,露易丝会从她半永久的瞌睡中醒来,睁开眼睛,从头到脚地打量凯蒂,开始问她:"Ma fille[1],你的情人们呢?今天晚上谁会陪你回家啊?你为谁洗头发呢?你的学业什么时候才结束啊?"她在膝头上摆动着肿胀的手,就像在提出某种奇怪的、无声的请求。她说:"我不懂你的生

---

[1] 法语:我的女儿。

活。你的同事们都是真的男人吗？这儿真那么不同吗？你们在喝茶吃饼干的时候都说些什么？"她眼睛里闪着光，但手还在摆动着。她会伤心地说："来吧，ma fille，跟我聊聊英格兰吧。"

第二章

单独进餐时,凯蒂·莫勒往往会尽快地草草了事,而且还有意让自己分心,不去想饮食这件事本身。她发现若要分心,最好把盘子放在膝上,而不去孤单地坐在桌旁,最好要一边读书,或者听收音机,甚至于走来走去,就像是仅仅让自己参与消化的任务。自从她母亲三年前去世,她的胃口变得越发反复无常了。她母亲死得奇怪而安详,瘫倒在椅子里,她的小手掠过核桃壳的碎屑。凯蒂依旧能闻到外祖母丢弃的果皮散发出的微酸气味,也能听到泪流满面的外祖父叫喊:"玛丽-特蕾斯,玛丽-特蕾斯!"不知怎么的,这个事件已经融入了他们的家庭生活,当凯蒂·莫勒每次在满满一盘子食物前坐下,总会听见外祖父的哀号:"玛丽-特蕾斯,玛丽-特蕾斯!"她的喉咙会收紧,手也会微微地抖动。别人都不再叫上她去外面吃饭。她在家里吃饭更好些,可以专心用碟子里的面包屑喂鸟。有时候她的胃口完全正常,就像现在。有时候她也吃得有滋有味，比如她为情人莫里斯·毕肖普做饭的时候。但只要她独自进食，她脑海里就会隐约地显现出那只手，那堆核桃壳，还有那叫喊声："玛丽-特蕾斯，玛丽-特蕾斯！"

就在这样的一个晚上——一个星期五，她做了煎鸡蛋，心不在焉地吃着，在她的小厨房里来回走动，出神地挥动着叉子。她在心里回放着和莫里斯的上一次交谈。莫里斯刚给她打了电话，这既让她安心又让她不安。下星期她会在他的讲座上正式而不引人注目地见到他。她会坐在观众席里，和他的其他仰慕者一起，聆听他关于英格兰大教堂的演讲。尽管他的职业是历史学家，他还是个浪漫的人，又是个虔诚的基督徒。这是个奇特的组合，但看来他自己对此非常满意。他的性情和偏好都在这一系列的讲座中显露无遗。这些讲座的听众，每次都坐满了这所地方性大学的主要礼堂。这所小学校很幸运能让他留任中世纪史教授，尽管从牛津不断地传来邀请。大家预言，牛津是他接下来去任教的地方。他对英格兰的那些教区总教堂情有独钟。关于这些大教堂，他在讲座中发表了一系列尽管不甚精准但却非常动人的见解（配有幻灯片）。这让他的听众们着迷，却也激怒了研究重要艺术形式的那个罗杰·弗莱[1]讲席教授。他在自己的座位上扭来

---

[1] Roger Fry，英国画家，美术评论家。

扭去，他的出席纯粹是因为公众舆论的压力。"哗众取宠的狗屁。"某次有人听见他在对自己的妻子嘟哝，"道貌岸然的杂种。他怎么会知道坎特伯雷[1]该是什么样子？我估计接下来他该去解决杜伦[2]了。到什么时候才算个完？""我觉得这讲座挺有意思。"他妻子说道，一边执拗地鼓起掌来。鼓掌的还有其他教授夫人们、大学之友的成员们、各系的秘书们、退休的图书馆员们。"而且不管怎么说，他来听了你关于塞尚[3]的讲座。你至少也应该礼尚往来。""噢，是啊，他的网撒得多大，我们的莫里斯。"那个罗杰·弗莱讲席教授同意道，"只要是人类的东西，他无一感到陌生。这些简单的中世纪石头建筑，他当真觉得和它们合而为一了。""噢，闭嘴，大卫。"他妻子说。她又致命地补充道："你嫉妒他，就是这么回事。"那天晚上，他们两人都没再和对方说过话。

尽管莫里斯看不见她，凯蒂·莫勒还是会尽力打扮自己。她会看着那个英俊的微笑着的身形登上讲台。莫里斯回身面对观众之前，会环顾屏幕上的影像，他的手叉在腰间，他的双腿和后臀紧绷着，如同在准备开始某种性行为。看着莫里斯，凯蒂会忍着不让自己叹气。他是个美男子，每个人都朦胧地爱着他。凯蒂本人爱上他已经两年了，而且一直

---

[1] Canterbury，英国的一个大教堂。
[2] Durham，英国的一个大教堂。
[3] Cézanne，法国画家。

怀着隐秘的希望。但他们起初的短暂韵事，却演变成了某种古怪的伙伴式的常规，这让她感到困惑，但她还是接受了下来。她接受了他随意打来的电话，对她的口味来说，这些电话来得太过于随意了。她也接受了他最终在她晚餐桌旁的重现。他会谈自己的工作，感激地吃她准备的食物。而有他在身边，也让她终于能吃得下饭。

今天是星期五，她会在下星期三见到他，再下个星期一他会来吃晚饭。星期三她没什么机会和他聊天，因为在演讲之后，他总是被急切的提问者们包围。确实，这些讲座把很多人吸引到这所大学，因此罗曼语言[1]系的主任——同时也是学院院长——每次都安排了提供雪利酒的小型聚会，这些聚会有时到很晚才会结束。在这样的场合，那些大学之友们都会来表示敬仰之情。这些人都是学校周边乡下富有的女士，在她们因为从事园艺而被暴晒的手指上，精美的钻石戒指闪闪发光。她几乎没办法走到他身边，问他什么时候可以到她的公寓，他也不会费心让她知道，所以她只能在角落里端着雪利酒，看着他对大学之友们施展魅力，一边盘算着什么时候她可以买肉，是准备一些只需要重新加热的食物呢，还是在当天做一些新鲜的东西。当天准备的话，制订起计划

---

[1] Romance Languages，印欧语系语族，自拉丁语衍生，主要有法语、意大利语、西班牙语、葡萄牙语和罗马尼亚语。

来会比较容易，但实现起来就比较困难。

有时候，快乐的瑞德迈尔教授，会把她从这种思虑中解救出来。汉密希·瑞德迈尔爵士，同时也是学院院长，他超出退休年限已有两年了，但还看不出退休的迹象。他头上戴着沃翰·威廉斯[1]帽，以显示自己是大学这个部落的一个头领。他曾在某个皇家调查团里担任委员，并因此博取了他的头衔，但这个调查团所提出的建议，从来也没人再次提起。他是个孜孜不倦的筹款人，他喜欢这样的场合，是因为直到他宏伟的规划——一座新楼——正式地确定下来，他是不准备离开学校的。瑞德迈尔爵士——那个罗杰·弗莱讲席教授就是这样称呼他的[2]——把大学生活当成了一系列无穷无尽的重要的小型社交聚会，在这些聚会上，所需的捐赠最终有可能会筹集到。他赏识莫里斯，不仅是因为他的学术水平、他在校园里的存在、他受欢迎的程度、他还没有叛逃到牛津去这样的事实，而且也是因为他的身世（无可挑剔）、他在格洛斯特郡[3]的家、他母亲的头衔，还有他工资以外的私人收入。他也在较低的程度上赏识凯蒂，因为凯蒂在替他做研究工作，还为他组织了几次有效的讨论班。况且他获悉，凯蒂也有工资以外的私人收入。确实，她一直穿做工这

---

[1] 英国著名音乐家。
[2] 这样的称呼不合惯例，须加头衔拥有者的名字而非单纯的姓氏。
[3] 英格兰郡名。

么优良的精美服装,他估计这种收入应该很高,尽管事实上并非如此。"我亲爱的莫勒小姐,"他会用一种高贵的、把人笼罩住的声音说,"我们今晚真是太荣幸了。英格兰的社会结构,可以讲得如此生动!"他抬起一根手指,打哑谜似的说:"下个学年你和我甚至会觉得更加轻松自在。我听说我们亲爱的莫里斯正在计划一系列关于法国大教堂的演讲。"

凯蒂知道莫里斯的计划。他关于英国大教堂的讲义,是她用打字机帮着打印的。那时候她就知道,紧接着是法国大教堂。确实,某天吃晚饭的时候,莫里斯提到过这个计划。他越说兴致越高,从手提包里拿出地图,在她的餐桌上规划起行动路线来。他觉得他应该驾车,用整个复活节假期,从一个地方开车到下一个地方。当然,他只能集中精力对付主要的古迹:拉昂、理姆斯、沙特尔、布尔日、勒芒、亚眠、卢昂。"那可真是工程浩大,"凯蒂说,"而且仅仅去看那些最大的教堂,也未免太可惜了。诺曼底到处都是非常漂亮的次要大教堂。像库塘斯,还有埃夫勒。"她有次曾经在那儿度假,下雨天就在大教堂里躲雨,在潮湿而芳香的过道里,靠阅读旅行导游书来消磨下午的时光,一直等到她良心上可以过得去,才走到附近的法式糕点店去喝一杯巧克力。"特鲁瓦,"莫里斯沉思着说,"圣俞班。那才是非同寻常的教堂。不过,对我的口味来说,它太华丽了。我更喜欢早期的、不加修饰的教堂。"

凯蒂更喜欢后期的、更加活泼热烈的教堂。她喜欢看见某种证据，表明石头里确有某种生命在蠢动。在比较黑暗、比较古老的教堂里，凯蒂会感到一种恐惧。鞋子的铁后跟在那儿的石板地上发出毫无怜悯的声音，蜡烛在那儿的昏暗中燃烧得更加明亮。她总是为玛丽-特蕾斯点一根蜡烛，但她什么也没感觉到，因为她没有感到玛丽-特蕾斯在她的生活中的存在，从而不相信死者可以永恒地活着。她把怀疑留在了自己心底，以此对莫里斯未受质疑的信仰保持敬意。莫里斯内心的确定无疑，滋养了他的信仰，她想道，但这并不见得就不好。事实上，这样更好。

她主要的思虑是，莫里斯是否会邀她一起去法兰西。她知道自己会有用，她能做各种各样单调乏味的事，而同时他可以只管开车，从一个地方到另一个地方，被自己的见闻激发起灵感。法语毕竟是她的母语，她能省去他很多时间和麻烦。可怎么来提起这件事呢？肯定得由他来提，而他还俯身在地图上，他的手盲目地伸过去接她端来的咖啡。看上去就好像他可以对付纯粹的法国大教堂，并不需要任何人类的相伴去稀释它们。维持着他的，是对于绝对、对于上帝和对于美的激情，而她自己却只会掐算独自在教堂里待了多久，只会估摸什么时候可以溜到法式糕点店去。正如常常发生的那样，他们两人之间的比较，让她感到卑微。他比她更精微、更博大、更优秀，他的洞见更加高尚，他的整体构造更加卓越。她隐约地感到,这都是因为他的家世,她想象宽阔的草坪、灰色的石头、夏日的午后,想象他无可挑剔的母亲接待着客人。

尽管每个看见莫里斯和凯蒂在一起的人,都会觉得他们是迷人的一对儿,但人家会说她是更幸运的那一个,有幸能吸引莫里斯这样的男人。两个人个子都高,都体态优雅,但两人之间的比较到此为止了,止于他们各自的轮廓。凯蒂是很巧妙地装配而成的。关于如何有利地展示自己,凯蒂经受了外祖母的训练、指导,而且因为外祖母所在行业的关系,她还认识许多鞋子设计师、手袋制造商,可以得到特价优惠。有时候,她为构筑自己的外表而花费的努力,就把自己弄到了筋疲力尽的地步,但她对这种努力的结果却并非总有把握。她是不是过于刻意了呢?而莫里斯则是无可形容地自然。他的服装精良,但穿戴随意。他穿手工衬衣却不系领带,他穿开司米套头衫而不是夹克。她第一次见到他的时候,他在学校的教员休息室喝茶。那儿低矮的扶手椅中装载了很多压扁的臀部和展平的肚皮,它们都包裹在灰色的法兰绒或者米黄色的粗花呢里面;那儿很多小腿从褐紫色的袜子和姜黄色的绒面革鞋子里鼓胀出来;那里很多女式和男式衬衣都发出尼龙的黯淡光芒。因为第一次踏进这样重要的场所,凯蒂感到惊慌,因此她遵照外祖母的训诫,打扮得像个淑女那样。她本能地感到了一个高个子的吸引。此人一手端着杯子，一手拿着杯托，正在屋里溜达。他在杯托下的手指，戴着个图章戒指。从他卷曲在耳后和颈背上的棕色头发，可以看出他幼时是个金发的孩子。那天他穿了白衬衣、红色套头衫、灰色窄腿长裤，脚蹬一双黑色软皮平底鞋。他转过身和她打招呼，面带和蔼可亲而捉摸不透的微笑。她此后对这种微笑会非常熟悉。那时的她对他还毫无畏惧，于是她态度自然地回应了他。他们成了朋友。他们都住在伦敦，每天通勤往返于伦敦和学校之间，这严格说来是违背学校规定的，而这一点又成了他们彼此间进一步的纽带。有很少的几次，他载她回家，在某一次这样深夜的旅途中她爱上了他。

这已经是两年前的事了。从那时起，他的微笑一直是那么和蔼可亲，也一直是那么捉摸不透，因为无论她如何思念他，她知道对他来说，她并非须臾不可或缺。在她心绪恶劣的时刻，当她在夜里醒来，她知道对他来说，她甚至并非必不可少。她以自己掩饰感情的能力为荣，却不知道那个罗杰·弗莱讲席教授的妻子，有一次颇为自得地向她丈夫评论道："看来她跟他不会有什么结果。要我说啊，她太使劲了。"

在他们查阅地图的那个夜晚，她安静地在他身边走动。有他在她的厨房里，她就万分高兴。只要她能确定他还会回到她这里，她甚至愿意放弃法兰西的大教堂。他计划着自己的行程，一手拿着日记，而她则允许自己凝视他漂亮的头，因为他看不见她在这么做。那健康的皮肤，一定是得益于他周末回家所呼吸的乡间空气；那稍有点长的棕色头发，那清澈的绿眼睛，那精致的象牙色的耳朵，都让她充满渴望和欢喜。有很多事情她想问他，但她知道在莫里斯这儿，问题从来就没有答案。他一直拘礼而又和蔼，但他能很轻松地消除她的疑虑。她想知道有时候他是否会想她（但她觉得不会，因为他总是太忙），但无论如何，问这样的问题都是无法想象的。可要是他带她去法兰西，那就会是个兆头，甚至是个全世界都可以看得见的兆头，是个她外祖母也会欢迎的兆头。

他站直了身子，双手叉在腰间。"你应该和我一起去，凯蒂。"他说。她背过身去，好遮住自己颤抖的双手。"好啊，为什么不行呢？"过了一分钟，她这样说道。她的声音里没有特别的抑扬变化。"我亲爱的孩子。"他大笑起来，伸出一只长胳膊放在她的肩头。"你非常清楚为什么不行。只要想想你的名誉就知道了。"

这就是他的做派。凯蒂被他搞糊涂了。她不知道，是否在他的世界里，和一个适龄的并且有婚嫁意愿的女人结伴旅行，真会是一件丑闻。这样的事情，有时的确会给当事人招来终无定论的非议，但毕竟他是这么优秀的人，典型的情况是，这种非议对他毫发无损。她估计，由于她是个孤儿，他觉得对她的名誉更加负有责任，但他不知道，只要她能稍微明显一点被大家看见和他走在一起，她一辈子的名誉就奠定了。

自从那次以后，他还一直会谈起他计划中的法兰西之行，但他再也没说过她应该和他一起去。

他们晚上相聚的机会并不是很多，因为在学期中间，莫里斯的时间常常供不应求。自从那次以后，每次他们的相聚，都让她心里充满了一种轻微而持续的忧伤。从她坐下来等他的那一刻起，直到四小时后她听见他的汽车隆隆驶进黑暗中沉睡的街道。她不知道，为什么她再也无法感受到那种自然而然的愉悦，就像第一次在教员休息室见到他时那样。她仍然记得那时候看到的他，他那亲切的捉摸不透的微笑，促使他走上前去和陌生人打招呼的礼貌举止，他那在托盘下闪光的戒指。回首往事，她觉得那是她生命中最美好的时刻。她遇见了他，并且对将来会发生的任何事情，那时的她都抱着轻松自如的欢迎态度。从那以后，他们有过亲昵的行为，但事后他每次都会离开，而她则需要花费很大的力气，才能从心里删除伤心失望的、几乎是羞耻的感受。因为她从来都不知道，他们什么时候还会见面。

她本来以为，他会引领她抵达某种结局，而由于那结局延迟了这么久，她不知道是否她自己要这个结局要得太紧迫、太急切了，因为她紧迫而急切地需要在露易丝的眼里证明她自己，要给她的外祖父母带来快乐——迄今为止，她一直在让他们失望。她的外祖父母最终会死，会留下她独自一人，迷失生活的方向。尽管她知道这一点，她还是觉得，没能和莫里斯的愿望及意图建立某种密切的联系，只能怪她自己。而一想到这些，她就会感到绝望，因为她怎么可能纠正由于自己的无知而造成的错误呢？她努力地想读懂他的心思，更仔细地分析他的想法。她看见了他心里某些她无法接近的东西。他的微笑总是那么捉摸不透，又是那么和蔼可亲，而且不知为什么还有点神秘，这微笑把她挡在了外面，同时也包藏了某种非常重要的东西，某种她不知道的东西，某种陌生的东西。跟我聊聊英格兰吧，她想。她听到过一些流言，说以前有人跟他解除过婚约。这种传闻让她备受折磨，因为谁会跟莫里斯解除婚约呢？还有可能修复吗？有一次，她在绝望中抛开了所有的顾虑，漫不经心地对她的朋友、罗曼语言系的老师保琳·本特利提起了这件事。

"你难道没听说过吗？"保琳吃惊地问。接着她就把原委告诉了凯蒂。莫里斯和这个姑娘从小就认识。叫露西还是什么的。他们一直就知道将来会结婚。他们是最漂亮的一对儿，他们的婚礼也会是十来年间最轰动的婚礼。但那个露西还是什么的一直有些不稳定，一直有宗教上的疑问，没有莫里斯那么坚定，他们原定结婚日的两个月之前，她解除了婚约。显然是某种神经崩溃。她然后宣布要去加尔各答，去追随特雷莎修女。她现在就在那儿。莫里斯挺过来了。

"Merde, alors.[1]"是凯蒂未经删除的即刻反应,她感到羞愧,脸上热辣辣地涨得通红,就好像自己有什么不检点行为被人发现了似的。从那时起,她力图把自己变得像莫里斯那样纯粹而高贵,因为她现在理解了,在经历过这么巨大的失望之后,他不愿意轻易地承担婚姻。关于露西的消息,既让她觉得好受了一些(知道露西在某种程度上可以说已经淘汰出局了),也让她觉得非常难受,因为她怎么竞争得过人家呢?她开始在自己身上搜寻信仰的种子,因为她现在看出,莫里斯的关键所在,是他对神圣意志的信念。或许也可以说神圣目的,不知道这是不是一回事。总之,是某种经过上帝准许的东西。在她自己的灵魂里,她什么也找不到,除了疲倦、厌烦、恐惧,那些都是在诺曼底的教堂里折磨她的东西。那些教堂里烛火摇曳不定,而信徒们刺耳的脚步声在她身后自信地响着。她不可能虚情假意地到教堂去做礼拜,但有时她会拿起母亲的《圣经》,因为她相信,只要自己能问出与私人处境无关的问题,在《圣经》里都能找到答案。可她却问不出这样的问题来。不过有一天,她找到了一段,其中似乎含有给她的信息,纯粹是给她一个人的信息。"Il m'a envoyé …pour proclamer à ceux de Sion qui pleurent, que

---

[1] 法语:噢,该死。

la magnificence leur sera donné e au lieu de la cendre, l'huile de joie au lieu du deuil, un manteau de louange au lieu d'un esprit affligé.[1]"这段宣言奇怪地让她大受感动，她又去钦定英译本里找，就好像她怀疑用她自家的语言所作翻译的可靠性。找到了。它更加辉煌，更加洪亮，更加权威，就好像上帝的母语就是英语："……用美换取灰烬，用喜悦之油换取哀悼，用赞颂之衣换取沉重的心灵。"她不再念下去，因为其他的话看上去都与她无关。

用美换取灰烬。她坐在老教堂街自己的厨房里，她的碟子已经洗好放好，喂鸟的面包屑已经撒在窗台上。她放任自己的恐惧和悲伤浮出表面，胆怯地希望现在这么做是安全的。除非有奇迹发生，以后她会整天在这个厨房里度过，这里会成为她唯一而永恒的家。尽管她一直都觉得这个家也许会是个临时的中转站，但结果可能并非如此。可这样的念头太危险了，她不敢再往下细想，于是她转过头朝窗外看去。这是个安静的夜晚。这里的夜晚总是安静的，因为在这种时候过路的行人很少。唯一的声音来自一架经久不息的收音机，从她的邻居、离婚女人卡罗琳的公寓房间里传出。在街对面，她可以看见酒馆老板的妻子，正用一只手抖松自己的

---

[1] 法语：上帝派我……向锡安那些哭泣的人宣告，上帝将用辉煌换取他们的灰烬，用欢乐之油换取他们的悲悼，用颂扬之袍换取他们痛苦的灵魂。

金色头发，趁酒馆开门前，站在门口透透空气。凯蒂试着想象莫里斯在干什么，但她想不出来。她又试着回想玛丽-特蕾斯《圣经》上那段话所作的保证。她确实想起来最近要召开全体教员会议，她还需要准备演讲——是关于浪漫主义传统的，而在一个星期之后，她得主持一个讨论班。关于这个讨论班，她的想法有点摇摆不定。她的主题是《阿道尔夫》，一部关于失败的中篇小说。她不是很喜欢这本书，因此担心自己无法揭示出这部书的品质。

她一直坐在桌边，现在起身离开。她的步履沉重，就如同一个比她老很多的女人。这时电话铃响了。是莫里斯打来的。"你在伦敦吗？"她有些吃惊地问，因为她想象他回家去了。"是啊，"他温和地说，"我常常在这儿度周末。我打电话是为了星期一的事。我恐怕没办法赴约了。我母亲到城里来了。"凯蒂大笑起来，尽管她感到惊慌。"是一个星期以后的星期一，你这白痴，没写下来吗？""噢，好吧，"他说，"好吧。那我们到时候见。"

此后有一阵工夫，她探身倚在窗口，想整理一下自己的思绪。他打电话来了。他要来。这才是该记住的。谁都会把日子记错的。过了片刻，她感到平静了些，她的救生索又重新修好了。然后她取出自己的笔记本，开始工作。

第三章

说也奇怪，她从没觉得自己的工作有多困难。正相反，在她眼里，工作是以一种中性元素的面貌呈现的，其中既不需要花招计谋，也不需要提防戒备，甚至不需要欲望。对凯蒂来说，工作是人干的，而不是供人议论的。她落魄的邻居卡罗琳，常常会聊些自己从前的精彩故事，她的回忆常常以这样的话收尾："我真该写本书啊。""那你为什么还不写呢？"凯蒂·莫勒会怀着真切的好奇心这样问她。她觉得愿望是思想之父，而且没有什么人必须无所事事。当然，美丽的女人自有与众不同的天命。根据某条凯蒂虽然认同却不能理解的法则，不知道为什么，美丽的女人们可以不做任何有价值的事，但仍旧可以支配他人的时间和注意力。凯蒂更喜欢自己的忙碌生活，她把自己的生活概括为有很多难事的轻松生活。至少，她估计那些事都很困难。事实上，为莫里斯准备一个特别的菜所花费的时间，要多于写一篇论文或准备一个讨论班所需的时间。然而，她并不为论文或讨论班而感到自豪，也不认为这些工作重要。理由很简单，她没觉得这些工作麻烦，因此她也不以此居功。

"我的上帝啊，凯蒂。"罗曼语言系的保琳·本特利说，"你都不知道自己有多幸运。我把工作看成对付精神抑郁的武器。我把它当作一种与神经性疾患斗智的方式。你都想不到有多少人也是这么看的。"她说这话的时候，恶狠狠地梳着头发，她为自己暴露了这么多而感到羞愧。然而保琳是个出色的教师，尽善尽美，无可挑剔，学生们也因此很仰慕她。相比之下，凯蒂的讲课风格更温和，也更受欢迎，因为她还没有那么多的绝望。她很享受自己在智识上所承担的各种义务，但并不觉得它们艰巨繁杂。她私底下把自己的任务看成是临时的、令人愉快的，是她在真正的职业之前消磨时间的一种方式。她还不知道这真正的职业是什么，但她觉得，比起她最近几年所做的，她将来会在其他某些职责上干得更加出色。

她们俩坐在保琳的办公室里，正准备去出席全体教员会议。保琳毫不掩饰自己对这每学期一次教员会议的蔑视。但凯蒂却很喜欢这种会议。作为一个临时教师，她很感激给她参加会议的机会。尽管她不总能理解会上讨论的事务，但她还是成功地让自己看上去很专心，她甚至还记笔记。她的热心是货真价实的，也被瑞德迈尔教授很赞赏地看在了眼里。

"我不知道他有没有看见我批改了一两篇论文作业。"保琳沉思着说,"我告诉你,凯蒂,我下地狱的时候,会指望看见永不休会的教员会议正在那里举行。"她从桌上取了一捆杂乱无章的纸片,沿着走廊而去。那捆纸片里确实有几篇作业论文。凯蒂娴静地跟在她后面。

教师会议总在一个昏暗油腻的棕色房间里举行,这房间很久以前曾是个餐厅,那时候整个大楼都隶属于某个男爵的采邑,并且住着这所大学的捐赠人。瑞德迈尔教授坐在桌子的一端,身边坐着他的秘书詹妮弗,负责很重要的会议记录。在暗淡的光线下,桌面像冰层表面那样奇怪地泛光。教员们——历史学家和语言学家们——不大情愿地鱼贯而入:马丁内兹博士、高尔特教授和博德敏教授、德·玛库西斯夫人、佛格尔夫人、奥利方特博士,还有那个罗杰·弗莱讲席教授。那个罗杰·弗莱讲席教授的不幸任务,是给法语专业教法国艺术,给意大利语专业教意大利艺术,给德语专业教德国艺术,同时还要保持自身的某种独立性。最后来的是莫里斯·毕肖普。在每个人面前都放好了一支铅笔和一叠纸。瑞德迈尔教授开始发言。新学期伊始,他欢迎大家回到学校,希望不久就可以给他们提供有关新楼的确切消息。他一开始说话,教授们就不约而同地拿起铅笔,在纸上画了起来。这是一种防卫性的行动,旨在屏蔽瑞德迈尔教授声音里由衷的喜悦,但同时也让这些教授们,看上去就像某个很弱智的职业治疗班的学员。凯蒂一边天真地听着,一边看着那个罗杰·弗莱讲席教授在便笺本上刻下一条深深的犬牙交错的抽象线条。德·玛库西斯夫人则喜欢精细的阴影,这需要她一刻不停地滑动铅笔。高尔特教授总是在画一条阿基米德螺线。有一次会议结束时,等所有人离开后,凯蒂偷偷跑到桌子另一头,想看看莫里斯画了什么,结果发现他画了个飞扶壁。

凯蒂平常没有太多的消遣,对她来说,这些会议是纯粹的娱乐活动。况且,要是莫里斯在她的视线之内,她还可以看着他,细细地品味期待的喜悦,期待他们下一次更加私密的相聚。她总是严格地控制好自己的表情,她谨小慎微的程度,堪比十九世纪的家庭女教师。但有一次,专心于立体主义构图的那个罗杰·弗莱讲席教授,出人意料地抬起目光,注意到了她的眼神,从而获取了她的秘密。她并没有看见他,但那个罗杰·弗莱讲席教授在心里叹了口气,承认他妻子那次说对了,莫里斯又博得了一个女人的青睐。他对这个人的厌恶几乎到了不可控制的程度。正在专心听瑞德迈尔教授说话的莫里斯,并没有注意到刚刚发生的事。

莫里斯,凯蒂想道,你不朝我这个方向看看吗?我到这里来,只是为了你的缘故。我得坦白,我对新楼毫不关心,我甚至不相信新楼会成为现实。我喜欢所有这些人,甚至也喜欢瑞德迈尔教授,但要是你消失了,只剩下他们,我想我是不会在这儿逗留的。你为我做了这么多。你让我相信我做的事很有价值,而一开始我仅仅把它当成业余爱好。自从认识了你,我比原来更加用功了,我也做得比原先预期的更加出色了。而且他们对我都很满意。这种感受是我以前从未有过的。我觉得这份工作很轻松,因为在某种意义上,我是在为你而做。为了你,我要做得出类拔萃。看看我的周围,保琳公然地读着论文作业,詹妮弗全都看在了眼里。那个罗杰·弗莱讲席教授又在演示自己的绘画才能,他可以轻松地完成相当不错的抽象构图,颇具德劳内[1]的画风。佛格尔夫人在写着购物清单。而所有这些都让我喜悦,因为我们在同一个房间里,分享着同样的经历。我会记住这样的一天,尽管你不会记得。你有更重要的事情要记。你不来看我一眼吗?

但莫里斯面带和蔼可亲的微笑,只是向詹妮弗侧过身去,塞给她一个纸条。她涨红了脸,看了看纸条,然后很慢很慢地,把纸条递给瑞德迈尔教授。

手上无事可做的凯蒂,看见了詹妮弗表情的变化,她暗下决心,发誓永远都不要像她刚才那样。她把思绪转向了浪漫主义传统,这才是她应该不停考虑的东西。她开始琢磨,浪漫主义传统是否真的存在。有那么一群藐视大众、我行我素的人,这些人全都坚称,他们所感受到的东西,以前从未

---

[1] Delaunay,法国抽象主义画家。

有别人感受过。基于这样的一群人，能建立起一个传统吗？她一直觉得，他们全都能给人留下深刻的印象，但也能让人心灰意懒。他们成熟得那么快，二十五岁就饱经世事、憔悴不堪了，也不知道是怎么才活过了他们灾难重重的青春期，活到了正常的寿限，甚至还有长寿的，只要想想维克多·雨果[1]。当然，吉拉·德·内瓦尔[2]除外。因为他夭折了，在她的论题中他处于中心地位。她不知道哪种能力更让人印象深刻。一种是步履维艰地在生活中跋涉的能力——这生活被夸张地认定为毫无正常的幸福可言；另一种则是容许自己的心智走向崩溃的能力——这种辉煌夺目的崩溃，让自己可以彻底地退出与生活的搏斗。让她忧虑的是，看来并没有中庸之道。她无法接受的是，那么多的热情和渴望，那么多的痛苦和勇气，会在中年和老年的平原上渐渐干枯。还有，浪漫主义传统究竟到何时就结束了？很容易确定它何时开始，甚至可以确定它是如何开始的。但可怕的问题是，它仍在持续之中吗？有没有可能，她会最终发现，浪漫主义传统比她原本估计的还要广阔得多？有没有可能，浪漫主义传统是如此漫长，她最终会丧失与它打交道的愿望？

正如通常在这种会议上发生的那样，一个关于课程表的

---

[1] Victor Hugo，法国作家。
[2] Gérard de Nerval，法国诗人。

极其复杂的修改方案被提了出来,这样做并没有什么很好的理由,而仅仅是为了让他们开会有事可做。瑞德迈尔教授把这个精心设计的方案,称为四层结构,他设想在下个学年,用它来取代目前依照历史顺序排定的课表,看看学生们会适应得怎样。"他们总会来上课的。"保琳不耐烦地说,"唯一的差别是,现在他们会弄不清究竟来上什么课。"

"如果你看一看詹妮弗精心准备的提纲,我想你会看到,本特利博士,这个建议还是有很多优点的。"瑞德迈尔教授说,"不同历史时期的出人意料的联结,会让学生们获得一种更加激动人心的历史视角。也许你们可以研究一下这份提纲,再把你们的看法提供给我?"

教授们把自己的图画推到一边,顺从地埋头研究那几张复印得浓淡不匀的有点沾手的纸片,那上面列出了他们下个学年的任务。有一分钟的工夫,大家都聚精会神,但接下来谁也没发表评论。最终,莫里斯打破了安静的气氛。他说:"假如你采用这个方案,汉密希,你会在头天早上讲黑暗时期,第二天早上讲启蒙运动。这样的联结就算对最老练的学生都是个挑战啊。"

原本无聊得发昏,现在他们全都开怀大笑起来。那个罗杰·弗莱讲席教授则既愤怒又绝望,把他的两只穿着橙色绉胶底鞋子的脚互相磨着。莫里斯刚刚打破了他的如意算盘,本来他可以到圣诞节才把课程结束,现在看来不得不在夏天就一口气讲完。瑞德迈尔教授礼貌地跟大家一起大笑起来，又给詹妮弗递了个信号，示意她把茶水端进来。至此，会议实际上已经结束了，尽管闲聊马上就要开始。

对于凯蒂来说，在社交方面，除了这次教师会议上的茶和饼干，她整个星期都乏善可陈，因此这是她本星期的最佳时刻。她怀着真心的喜悦，微笑着接过她的茶杯。目前她也只喜欢这种聚会。为了开会她特别精心地打扮自己，但她在会上什么也不说。她觉得自己的业余者身份，仅仅让她拥有与会资格。瑞德迈尔教授最喜欢的自己周围的人，都是像她这样的。她知道这一点，这也给了她额外的快乐。对她来说，这里的场面充满了奇特的异国情调。那丑陋不堪的房间，那朝北的采光，那混杂着烟味和复印纸气味的混浊气氛，除了她和莫里斯以外，每个人那不起眼的皱巴巴的穿着打扮，那些大家所带进来的巨量的随身物品——袋子、公文包、雨衣，詹妮弗的助手分发巧克力饼干所用的那个礼节性的盘子。所有这一切，相比于她外祖父母家的、围绕着正规的服装和不规则的餐饮而变化的生活，都更为奇特也更合她的心意。这样的场合是备受她外祖母嘲讽的。但正是在这样的场合，她能感到自己在某个环境里拥有着确定的、尽管并不太高的地位。这个环境无视她的出身或她的背景，更有甚者，这环境里还有莫里斯。在她看来，即便她与他仅仅如此微不足道地协同一致，这个事实本身仍旧是对她的余生不可能不发生影响的一个因素。

她偷眼看他,她的目光越过茶杯边沿的上方。他正在和高尔特教授交谈。高尔特教授身材矮小、神色倦怠,是个阿里奥斯托[1]专家。莫里斯不知在问他什么问题,凯蒂听不清楚,因为尽管开会时没人交换意见,现在大家纷纷开口,室内已经变得嘈杂了。她看着莫里斯优雅的手在描摹某种抛物线、勾画某种轮廓——她听不见说的是什么,不自觉地稍稍凝神谛听,随即发现自己在这么做,又有意识地放松了下来。她看着莫里斯那张因为兴致勃勃、精力充沛而容光焕发的脸。他正在详细解释自己的什么观点,看来好像发现了自己问题的答案,因为高尔特教授只是点头。莫里斯说完的时候,他们两人都大笑起来。我希望他会那样看着我,凯蒂满怀渴望地想道。难道我们是这么彬彬有礼,这么老成持重,掩盖自己的感情又是这么老练,我们从来都不向世人、向对方展示我们自己?她很快地把目光垂向面前那张黏糊糊的棕色桌子,因为她能感到,自己满意的心情正在退潮。她突然觉得自己的满足是毫无价值的、可笑的,是她理性的自我所不能接受的一种虚矫。她害怕这种毫无征兆、突如其来的时刻,她总是痛苦地等它离开,重新留下她独守自己的秘密。

昏暗的房间现在几乎沉浸在黑暗里。在开灯前的一刻,

---

[1] Ariosto,意大利诗人。

她恐慌地想到自己随后的回家旅程，连同回家后那种种习以为常的固定程式，她渴望把那些程式立刻统统打破。为了和漫漫长夜斗智，为了驱逐她的各种精灵和噩梦，她勤勉地设计了一系列细致的常规，可这些常规正渐渐丧失它们的优点和安慰她的能力。但不管怎么样，她想道，我还有那么多值得期待的事情。至少，我有下星期一。或许这次一切都会很圆满，比我从来敢于想象的都要好。或许我可以重提法兰西大教堂的事。或许我可以促成事情朝好的方向转变。我忍受不下去了，她突然想到。我忍受不了一直这样等待，一直这样小心翼翼。事情不应该是这样的。然而，她立刻压制了这个念头。

那个罗杰·弗莱讲席教授，注意到了她惊慌的眼神。他站起身来，打开了电灯，然后沉甸甸地重新坐下，坐在了她的身边。他问："这样的会议是不是属于浪漫主义传统，莫勒小姐？"

凯蒂想了一想。"很难设想。浪漫主义者们从来都不和别人商讨自己的计划和行动。他们总是在一个看不见的观众席前面作表演。即兴地表演。不守规则地表演。噢，对了，我想夏多布里昂[1]参加过很多会议，但我们想起他的时候，

---

[1]　Chateaubriand，法国诗人。

总是想象他把椅子推在一旁，沉思着，记录着新近历史上的愚行蠢事。他不是个勇于采取行动的人。"

"但我是这样的人。"那个罗杰·弗莱讲席教授令人吃惊地说道，"我觉得一个人必须勇于行动。到了一定的时候，什么也不做就成了一种不明智的选择。"

凯蒂把目光从莫里斯身上移开，考虑起这个观点。

"你真是这么想的吗？"她问，"要是那样的话，我们经常听说的那种明智的被动性又是怎么回事呢？"

在她视野的角落，她仍旧可以看见莫里斯深蓝色的紧身套头衫，她不知道这件衣服是不是新的——她从来没见他穿过。但她的目光停留在那个罗杰·弗莱讲席教授永远是红彤彤的、永远是气呼呼的脸上，她在想他是否说得对。

"明智的被动性让你寸步难行。"他说，"顺便说一声，叫我大卫好了。明智的被动性让你吃亏。就在一会儿工夫之前，要是我不那么明智地被动，我可以到圣诞节才把课上完。但现在我整个夏天都得猛干，而那时候每个明白人都在草坪上坐着。"

"可是大卫，你知道改动课表是完全不可能发生的事。刚才那个方案一年至少要提出两次。这纯粹是为了让詹妮弗有点事情可干。而且瑞德迈尔教授喜欢那种剧变的念头。你还记得他想把图书馆从底楼搬到二楼？没人想得出什么理由来阻止他，尤其是因为图书馆员们都不在场。"

"是啊，那件事最后是怎么了结的？"

"我想最后达成了某种妥协。有人建议采用一种盖日期章的新流程，他也就没再多说什么。当然，他们还没来得及付诸实施。"

他若有所思地点点头说："但这并不意味着明智的被动性是可取的。明智的被动性只是个幌子。它的意思是你什么工作也不干。"

"浪漫主义者们当然都是工作狂。"凯蒂说，"成堆的回忆录，铺天盖地的油画，延绵不绝的音乐。他们愿意假装，所有这些都是一闪念得到的。我觉得那很漂亮，那种假装的举重若轻。当然那是一种姿态，但你必须承认，那种姿态很优雅。"

她的表情变得轻松了，因为她发现了解决自己种种困难的关键所在，也发现了自己未来行为的指针。一种假装的举重若轻。无论她会为此付出多少代价。以消除他人的敌意、避免得罪他人为目的，优雅地刻意而为。表面上看不见痛苦。对艰巨努力的精细规划，加上雅致的轻松举止。像一个斯多葛派学者，像一个浪漫主义者。对啊，她想，两者都像。她转向那个罗杰·弗莱讲席教授，笑了笑。"谢谢你，大卫。"她说，"你给我的演讲提供了一个想法。"

"在这样的会议上，居然产生了一个想法，这也许是头一遭。"他回答说。他看见她的脸又一次变得和蔼而镇定，心里希望她一直保持那样的神色。他勉强地笑了。

一阵大笑从桌子的另一头传来,表明会议已经失去了控制。会议实际上半小时前就算结束了,但悖谬的是,现在除了保琳,没有人愿意离开。保琳的胳膊缩在对襟毛衣里,牙齿咬着铅笔,在她身旁是一堆批改完的论文作业。怀着满意的心情,凯蒂再一次环顾四周。这个下午过得不错。即使再有心情恶劣的时刻——她觉得不可能再有了——她也会用自己的新策略对付它们——用微笑把它们赶走。优雅的策略对她很有吸引力,因为虽然它是造成错觉的方式,但它同时也是守护真相的方式。

对于种种可能性的深思熟虑,令她的表情警觉而温柔。她再一次扫视他们,这次她的目光和莫里斯的目光相遇了。莫里斯朝她微笑。她也回报以微笑。见他这样看着自己,凯蒂感到愉快,但她不允许自己在这种愉快中逗留。她的心狂跳着,转过身去,对那个罗杰·弗莱讲席教授说:"我喜欢你画的图。可你为什么总画同样的东西呢?"

"这就叫掌握风格。多年以后,苏富比[1]的年轻人们会浏览着他们手里的作品图册说:'瞧,这就是个典型的例子。'你可能听了会感到吃惊,其实我很蔑视非表现性的艺术。你有没有意识到,练习你所蔑视的东西,是非常容易的事?"

---

[1] Sotheby,英国著名的拍卖行。

"我倒从来没这么想过。要是那样的话,为什么不蔑视在夏天讲课呢?这样你整个学期不就一路顺风了吗?"

从她的眼角,她再一次看见了莫里斯。他正在日记本上记下什么。她想知道记的是什么,但她的脸仍旧坚决地朝着别的方向,她知道,猜测是徒劳的。况且,那样做也不优雅。

"我渴望大众的无条件崇拜。"那个罗杰·弗莱讲席教授说道,"我渴望被大家从讲台上抬起来,得意扬扬地被他们举高。我要他们相信我,就像他们从前相信萨沃那洛拉[1]或者约翰·诺克斯[2]那样。但最重要的是,我要他们蜂拥而来听我讲课,我要他们争抢座位。可在夏天,他们大部分人都坐在草坪上修改论文,或者在为假日制订计划。"

"我以前不知道你喜欢教课。"

"其实我并不喜欢。我每次上课前都怕得要死。我妻子觉我是个白痴。可是我认为,你得是个演员,才能把课上好。就像莫里斯·毕肖普。"

她很平静地对他笑了笑。"这我可不清楚。我自己很喜欢上课。尽管我必须坦白,这次关于浪漫主义传统的公开演讲,还是让我很紧张。我觉得这是一次测验。要是我测验及

---

[1] Savonarola,意大利宗教改革家。
[2] John Knox,苏格兰宗教改革家。

格了,我的试用期就结束了。"

他点了点头。"这我能够理解。可我很奇怪你喜欢教课。在我看来,你太诚实了,应该不会沉迷于那种乐趣。"

"讲课是我唯一真正忘记自己的时候。"凯蒂说,"真实的生活强加给我们那么多无法克服的难题,因此考虑一些完全不同的,而且我个人不承担任何责任的事情,是很让人放松的。毕竟,我没有引发浪漫主义运动。那不是我的错。而且也没人会指控我让它蔓延到了世界的其他地区。浪漫主义运动就好比战争一样。我没有罪。它发生了,但我并不在场。这里有一种绝妙的自由,你不觉得吗?"

"你觉得你对其他所有事情都负有责任?"他问道。

"噢,是啊。"她说,"是啊,我确实如此。"

但他们没时间进一步讨论了,因为很多手提包都噼噼啪啪地关上了,那些椅子也都在腾空出来。有人推开一扇窗户,好让屋子透透气。当门突然打开的时候,有一阵穿堂风吹过。瑞德迈尔教授用一个厚重的玻璃烟灰缸敲打着桌面,想让正在离开的人们停下脚步。"等一等,女士们,先生们。"他说。他们半转过身子,看见他仍坐在桌子的一头。"等一等。詹妮弗有一个通告要宣布。"

他们回过头期待地看着。詹妮弗清了清嗓子,脸涨得通红,宣布道:"火灾救生演习安排在本学期第二个星期三。请大家预先了解一下自己的消防主管是谁,消防水龙头在什么地方。"

"听见了,听见了。"那个罗杰·弗莱讲席教授说道。这样,大家就都可以走了。

第四章

以凯蒂坚持采用的专业眼光来看,《阿道尔夫》之所以令人感兴趣,主要是因为它把十八世纪的古典风格和浪漫派的忧郁情绪融合在了一起。如果她把注意力集中到小说的这个层面,她就能忽略这故事所透露的那个可怕的、令人丧气的信息:一个女人要是为某个男人而牺牲一切,那个男人就会对她厌烦,这样的女人最终会死于自己的失败,而那个男人则会终生遭受悔恨的荼毒。她决定让学生们分析小说的遣词方法,并用最后半小时更加宽泛地研究浪漫主义者的忧郁症候。她担心学生们在这一点上会变得感情用事,她主要是想看看,他们是否会提出她以前没见过的观点。

学生一共是三个。"拉尔特、米尔斯,还有费尔察德。"瑞德迈尔教授有一次说。"拉尔特显然最出色。米尔斯么,你也知道,比其他两个年纪都大。我知道他是某个师范院校的,利用学术年假来这里进修。费尔察德小姐么,很有潜力,不过她跟那两个显然无法相比,需要你多费点心思,莫勒小姐。我知道你是靠得住的。"

这三个人确实迥然不同,几乎不像是一个小组的。约翰·拉尔特,显然最出色的那位,经常会扰乱课堂秩序。不过他对课程的影响是不可或缺的。他瘦骨嶙峋,情绪兴奋,容易激动,不刮胡子,急于取悦,烟不离手,说话带刺。而且,在认识他几星期之后,凯蒂清醒地看到,他善良、诚实,具有成为杰出学者的潜力,是这个世界上非常稀有的一种人。只要能得到合适的奖学金、研究基金,他就会渐渐安定下来。他肮脏的牛仔裤和套头衫,与他并不相称,因为他的整个言谈举止都太急切、太老成、太细致。一旦他安定下来,牛仔裤和套头衫就会换成某种更加传统、更加体面的装束,他也会好好地修理一下现在这头乱发。他甚至可以学会去抵制那种精英生活的诱惑,从而保持他智识上非同寻常的纯洁性,因为现在他身上还没有那种故弄玄虚的东西。这些东西以后会有,要等他拥有名望之后。反之,如果生活给他设置了重重阻碍,如果生活没有提供给他这些必不可少的机会,那他就会走下坡路一直到底,毁掉自己的健康,喝太多的酒,悲惨地用替代品将就应付。"你放假的时候干什么去了?"有一次她问他。"我本来想去格勒诺布尔[1]做我那个司汤达的东

---

[1] Grenoble,法国城市。

西。"他回答说,"可我在火车上遇到一个人,结果就和他一起下车了。你知道是怎么回事。"他突然对她微微一笑,那笑容既恶毒又愁苦。她为他担心,但认识到自己没办法帮他。在他的发言变得失控,或者变得含混不清的时候,她是那种约束控制的力量。她会复述他的观点,使他能放弃自己拼命追逐的错误目标,能够重新开始。而与此同时,她又为他深厚的思想、慷慨的理念而感到惊奇。事实上他们俩是个理想的同盟。他让她觉得自己是个老师,而她并没有让他觉得自己是个学生。

菲利普·米尔斯有一头令人不安的灰白头发,这让凯蒂对自己扮演的角色没有把握。他本人也是个教师,还比她大了好几岁,他善良、彬彬有礼、小心翼翼、戴着双焦眼镜。她不清楚他是否对自己的学术年假感到满意,也不知他是否对他们都颇感失望。对拉尔特也许不会失望?因为米尔斯先生是拉尔特的好陪衬。他会和拉尔特争论,会被他所谓的自由联想惹急,会动不动就不很雅观地发怒,这种愤怒他肯定从来都没能这么自由地表达过。"你这什么意思啊,悲剧性的?一个词怎么可能自己是悲剧性的?它只可能具有悲剧性的含义。""它可以有一种悲剧性的声音。"拉尔特会大叫,并且马上滔滔不绝地举出一连串听上去很有悲剧性的词。"你又扯远了。"米尔斯会恼火地回答。"你经常跑题,你的心理分析师要负很大的责任。"凯蒂会在这当口介入。有时她需要花一两分钟,才能把自己的意志强加于他们完全合理的分歧之上，在课堂里重建某种和谐的气氛。她喜欢做这样的事，因为她有某种公正感，她很高兴看见他俩几分钟后又重归于好、喋喋不休，或者在讨论班结束时，把书捆成一摞，结伴出去喝茶。她和这俩人的关系都很不错。

但她和烦人的费尔察德小姐，却并非如此。除非凯蒂指名问她，她从不主动开口。当费尔察德小姐宣读自己论文的时候，这论文很明智地延续了大约七分钟，以一个完整的句子和句号结束了。然后费尔察德小姐抬起她清澈的眼睛，看着凯蒂说："我恐怕没时间再多写了。"她这么说，凯蒂简直无法应对。因为她长得非常美，看来她觉得动一下笔就算是很大的让步了。甚至拉尔特也有点被她迷倒。她有长长的前拉斐尔派样式的米黄色卷发，课上她一直在玩着自己的头发，有时把头发麻利地拉到颈后，就好像准备发表某种宣言，有时把一缕头发在手指上绕来绕去，或者绷在嘴唇上。她大大的眼帘低垂着，显然沉浸在意味深长的回忆里。在凯蒂的顶楼小教室从极端寒冷到极端炎热的整个变化过程中，费尔察德小姐的皮肤一贯保持着它均匀的金黄色的特质。她有点泛绿的眼睛会一眨不眨地看着拉尔特和米尔斯互相争执。她通常穿一条棉布裙和一件深蓝色套头衫。凯蒂估计，套头衫是跟她某个兄弟借的，因为袖子几乎把她的手遮住了。套头衫前面的大部分，被她丰满而垂得很低的胸脯占据。

据相互的未经说出的协议，两个男人把她排除在他们的讨论之外。但她无言地坐在那里,使凯蒂隐隐地心绪不宁。像尽职的女主人那样,凯蒂提醒自己,要经常向费尔察德小姐提问。每当被问,费尔察德小姐都会清清嗓子,放下二郎腿,或者变换她的坐姿。她的做派很性感,和这种场合毫不相称。有时她的回答合情合理,但她会很聪明地让拉尔特继续阐发她的论证,而拉尔特果真就会这么做,甚至都没察觉到自己被人操控了。而在这时,费尔察德小姐会隐隐一笑,把头发推到脑后,再让头发朝前落下,把脸遮住。她让凯蒂颇为害怕。凯蒂认识到,费尔察德小姐无人能教,这个事实本身就很恐怖了。但更有甚者,费尔察德小姐无人能教,是因为她自认为已经无所不知。

"你们能不能列举一些阿道尔夫指控自己犯下的 tristes équivoques[1]?"凯蒂平静地问。

"其实这里根本就没什么模棱两可的东西。"拉尔特深吸了一口他的第八支香烟,"阿道尔夫勾引了这个女人,后来又对她厌烦了,想重新过一种得体的生活。她却继续爱他。在她的痛苦面前,他的弱点并不是模棱两可。他的弱点是怯懦。"

"但阿道尔夫本人用了别的名字来称呼这种痛苦。而且他处在内心冲突的状态里。所以,équivoques[2]。仔细看里

---

[1] 法语:忧郁的模棱两可。
[2] 法语:模棱两可。

面的用词,更多地信任它们。毕竟,写这部小说的是贡斯当,不是你们。而且你们知道,小说并不是忏悔录。小说其实就是作者对词语的选择。"

米尔斯考虑着。"他从来不用 amour[1] 这个词。"

"他用了。"凯蒂说,"只不过他用这个词谈论作为一种现象的爱情,而不是谈他对这个特定的女人的爱情。很抱歉我要反复强调这一点,但你们必须留心作者是怎么运用词语的,是在什么上下文当中使用这些词的。这会告诉你们一切。在埃勒诺尔眼里,她觉得阿道尔夫 misérable[2]。你怎么想,费尔察德小姐?"

费尔察德小姐抬起她惊人的眼帘笑了笑。与其说她是对这个问题微笑,不如说她是对自己微笑——而这正是凯蒂所担心的。"嗯,"她慢吞吞地说,"这个女人很讨厌。她年纪又老,又是外国人。她在毁掉他的前程。显然她的说法不公平。"

凯蒂努力控制住自己的恼怒,温和地说:"这并不完全是我问题的本意。书里出现的这些词语都不是偶然的。这里用了 misérable 这个词,因为书中涉及很多的羞愧。我们是怎么知道的?"

"前言。"拉尔特激动地说。

---

[1] 法语:爱情。
[2] 法语:穷困的。

"很好,前言。有人认为这是书里最重要的部分,尽管它是几年后才加上的。准确地说是十年之后。我想,在这个时候来翻译前言,可能对我们会有帮助。翻译成严格的等价句子。请不要用华丽的辞藻。米尔斯先生?"

米尔斯先生戴上他的双焦眼镜。"'我要描述一种疾病。甚至最干枯的心灵也会因为他们导致的痛苦而罹患这种疾病。我还要描述一种幻觉,这种幻觉使他们相信他们——'"

"'相信这些痛苦'。"凯蒂低声说。

"'相信这些痛苦比实际情况要来得轻微,来得肤浅。从远处看,一个人所造成的悲伤,其形象是模糊而混乱的,就像云朵一样容易刺穿。一个完全不是自然形成的社会,用它的赞许去怂恿着大家。这个社会把原则替换成规则,把情感替换成……'"

他停了下来。

"Convenances[1]。"凯蒂说,"这是个难词,是不是?但这或许是这一段里最关键的词。"

"习俗?"拉尔特建议说。

"我也觉得是。等着瞧吧。请继续,菲利普。"当她在讨论中忘乎所以的时候,她总是用教名称呼他们。在那种时候,她感到和他们很接近。甚至费尔察德小姐也在看着米尔

---

[1] 法语:习俗,风俗习惯,传统。

斯，尽管她的手现在藏在套头衫的袖子里。

"'它用规则取代原则，用习俗取代感情，它谴责丑闻，是因为丑闻令人厌烦而不是因为它不道德，因为它……'"

"'这个社会'。"凯蒂说。

"'……因为这个社会对那些恶行很通融，只要它们不和丑闻联系在一起；每个人都觉得……'"

"'大家觉得……'"

"'大家觉得在没有深思的情况下结成的情感纽带，能被割断而不导致任何危害。'"

"记住这个句子。"凯蒂说，"这本书说的就是这个。"

米尔斯先生并没有被他所读的感动。他从眼镜上方看过来，问她是否要他继续。凯蒂点点头。

"'但当一个人看到，从情感纽带的断裂所产生的剧痛，看到被骗的灵魂那痛苦的震惊，看到那完全的信心之后的蔑视……'"

"'怀疑'。"凯蒂低声说。

"'那完全的信心之后的怀疑……'"

"'那完全的信任之后的怀疑'。"拉尔特惊奇地、面带着痛苦的表情说。

至少有一个人领会到了，凯蒂想。然后她高声地说："请重新读那个句子，菲利普。"

"'但当一个人看到，从情感纽带的断裂所产生的剧痛；当他看到被骗的灵魂那痛苦的震惊；当他看到完全的信任之后的怀疑——那怀疑被迫指向世界中的某个人，又蔓延到了整个世界；当他看到那被逐回的、无法被重新安置的尊重，那个人感到，在痛苦的心里有某种神圣的东西，因为那颗心在爱。那个人发现，爱慕之情的根有多深，而他曾经想激发这种爱慕之情但不去分享它。那个人发现，如果他克服了所谓的弱点，这仅仅是因为他摧毁了心里所有慷慨的东西，撕毁了心里所有忠实的东西，牺牲了心里所有高贵和美好的东西。那个人在这样的胜利之后站了起来，这胜利赢得了朋友和熟人们的欢呼，但他已经把自己灵魂的一部分判处了死刑，扭曲了自己的同情心，滥用了自己的弱点，而且因为把道德当成自己严苛姿态的借口而冒犯了道德。那个人活着，丧失了自己更好的天性，因为这悲哀的成功而感到羞愧或者变得乖谬。这就是我要在《阿道尔夫》里面描绘的图画。'"

他们有一刻都安静无声。即便通过笨拙的翻译，他们也感受到了作者的悲哀。还有他的技巧。凯蒂深深吸了口气。

"简，"她说，"你还觉得埃勒诺尔用 misérable 这个词用得不对吗？它的意思不是悲惨[1]。它的意思是穷困。Misère[2] 早期的意思之一就是贫穷。"

---

[1] 英语中 miserable 的意思。
[2] 法语：悲惨，渺小。

费尔察德小姐笑了笑。凯蒂决定把这视作同意。她清了清嗓子。

"我们事实上是在谈一种特别的破产,"她说,"而且尽管小说沿袭了十八世纪道德故事最为枯燥的传统,里面完全没有形象,但它缺乏十八世纪的乐观精神。它是不是含有某种在十八世纪无法想象的东西?"

"绝望。"拉尔特说。

"很好。"凯蒂说,"什么样的绝望?"

拉尔特取下眼镜,又揉了揉眼睛,用十五分钟时间给他们流畅地描述了浪漫主义的两难困境。这种两难困境,根据拉尔特的观点——但实际上是根据夏多布里昂的观点——得以出现是因为在革命中道德标准的崩溃,是因为对超自然之物的抛弃,是因为教堂的改作俗用和教士的流放,是因为那种想根据十八世纪的人道主义法则来生活——没有虔诚没有信仰没有安慰地生活——的企图。但是,上帝一旦失去,是很难重新找回来的。于是浪漫主义者们,这些没有上帝的人,只好以存在主义的方式来行事,同时经受孤立。

"是的。"凯蒂说,"浪漫主义者丧失了他们原初的整体性,发现了新的复杂性。在十八世纪的时候,他们就知道这种情况有可能发生。你们记得,杜德芳夫人[1]曾经问过伏尔

---

[1] Mme du Deffand,法国著名沙龙女主人。

泰,他会建议用什么东西去替代旧的信仰。她已经意识到了以后的麻烦。"

然后米尔斯先生反对说,不可以把存在主义逆向地搬迁到十九世纪去。

"这是可以的。"拉尔特说。"存在主义是一种浪漫主义现象。"

然后他给他们讲了十分钟的存在主义。

"大体说来,你或许是对的,"凯蒂说,"但他们还没有得出那个关于荒诞的概念。《阿道尔夫》的主人公感到痛苦,是因为自己的良心。他并不把这种痛苦解释为某种普遍现象。我们在这里看到的,是至高无上的德行获得胜利的时刻。我想再次请你们注意以下这些词语。"凯蒂低下头看她的课本。"Imprudences[1]. Règles sévères[2]. Faiblesse[3]. Douleur profonde[4]. 我现在只是随机地挑出这些词。"她看了一眼桌面底下的手表,"下个星期,你们能不能把这些词语完整地列成一张表,交给我?我觉得,要是我们面前有了这么一张列表,就能对浪漫主义的道德两难困境有个更好的理解。今天就到这里吧。"

---

[1] 法语:轻率,不谨慎,鲁莽。
[2] 法语:严厉的法则。
[3] 法语:虚弱,弱点。
[4] 法语:深重的悲哀。

她把面前的书合上,感到一阵愉快的疲乏。每次下午这样的讨论班,当开始时的紧张过去之后,她就不再觉得有任何的麻烦。她感到自己那个整日繁忙的自我,连同所有关于种族、宗教、身份的问题,关于她在世界上所处位置的问题,她晚饭吃什么的问题,连同一切关于最终的孤独、疾病和死亡的想法,都被抛在了脑后。在这样的时刻,她过渡到了纯粹的意义所占据的领域。这纯粹的意义是从差不多两百年前写就的文字中推衍出来的。这些文字曾被用于对她自己的启蒙,事实上也确实启蒙了她。

米尔斯先生摘下双焦眼镜,放进了眼镜盒。拉尔特伸着懒腰打了个哈欠。空气因为污浊的烟雾而变得发蓝。费尔察德小姐把手拿出来,合上了她一个字都没记下的笔记本。她从来不记笔记。

凯蒂·莫勒以一丝不苟的礼貌和精确的手势,向他们道了再见,一直等到他们走远。他们的离去带来了寂静,一种没有朋友的寂静。我还没有老到要过这种生活,她对自己说。她不知道自己为什么会有这样的想法。她愿意加入到他们中间去,愿意继续争论,愿意和米尔斯、拉尔特一起走到汽车站。最理想的情形是,她愿意和某个人一起乘车回家,更确切地说,和莫里斯一起。她不想回家。她不愿意站在火车站台上等待——灯光在她疲倦的眼睛前变得模糊,她的嘴里是车站自助餐不新鲜的茶水味道。她在火车上从来读不成书。在这特定的一天,在五点钟向六点钟渐渐接近的这段时间,她觉得太累了,因此允许自己感到深深的沮丧。怀着挫败感而不是心安理得的轻松心情,她一出火车站就叫了出租车。当她把钥匙插进前门的时候,她希望家里有人。同时,她不得不很敏捷地避开邻居卡罗琳,那个离了婚的女人。别人要找卡罗琳聊天的时候,卡罗琳总有时间。卡罗琳因此觉得其他人也应该这样。卡罗琳的门会很诱人地打开,她会说:"噢,凯蒂,我太郁闷了。来和我说说话吧。""等一下,卡罗琳,"凯蒂会说,"我得把这些书撂下。我会来按你门铃的。"

每次一走进她自己的公寓,她就会打开灯,接着打电话给外祖母,看她身体好不好。总是爸爸接电话。她总能听见背景中电视机的声音,听到一阵阵谄媚的大笑,一阵阵狂风般的鼓掌声。他们总是把电视机开得太响。瓦金从来不告诉她事情究竟怎样。每件事总是在所有可能的世界中最好的那个世界里发生的最好的事;露易丝今天过得很好,天气预报说明天有雨,所以要带伞,他们今天午饭吃了绝妙的洋葱汤,而且做起来那么简单——特蕾斯愿意让他过来给她做吗?一会儿工夫就好。不要?当然,也许露易丝有点累了,但他们都不是年轻人了,我亲爱的,这你能想象得到。她要吃什么,他问。他十分急切地等着回答。凯蒂其实想吃烤面包片加上些什么东西,但告诉他想吃排骨和色拉。千万不要忽略蔬菜,瓦金激动地说。还有奶酪。不要喝太多咖啡。她答应了。"我能和露易丝妈妈说再见吗？"凯蒂把他的话头打断，问他。有一阵停顿，放下的电话接收到的声音更加清晰。然后是咯吱咯吱的脚步声，沉重的步子，然后是沉重的呼吸声。嗯，ma fille，露易丝说，今天你过得好吗？过得挺好的，凯蒂说。你穿了蓝裙子？是啊，凯蒂回答。马上把它挂起来，露易丝指导她说。裙褶千万要小心。还有，鞋里一定要塞些软纸。我一直是这么做的，凯蒂说，别担心，我一直是照你说的那样做的。露易丝停顿了一下，这片刻的休止中饱含了对凯蒂的不信任。然后，晚安，我的小鸽子。睡个好觉。明天再见。

凯蒂一放下电话，四周就完全悄无声息了。这条街太安静了，她想道。她一直都不喜欢那种开头便是"在O省的H城"的故事。这种故事让她没法投入。《阿道尔夫》的故事发生在dans la petite ville de D__[1]。因为作者拒绝给故事提供通常的补充细节，他把故事变成了某种寓言，令人在故事里寻找或许并不存在的普遍意义。她想起了她的外祖父母。他们的爱并没有给她慰藉，相反，他们的爱是个负担。无论她怎么吃、怎么穿，都无法博得他们对她的生活方式的好感。他们希望从她那儿听到的好消息，她也没有办法提供。她无法告诉他们她正在做的事情，因为在他们眼里，她一直什么也没在干。对他们来说，《阿道尔夫》的道德困境

---

[1] 法语：在D省的一个小城。

会是完全不可理喻的。她还算有风度，没有自大地告诉他们今天下午的成功，因为今天的讨论班确实很成功，她告诉自己说。成功还是不成功，自己总能感觉得到。她自身所处的环境，就和《阿道尔夫》一样缺乏意象。她甚至没法告诉莫里斯，因为他的世界是一个整体，在他的世界里，大家都毫不做作地假定，一个人做任何事情都会成功。再说，在莫里斯的世界里，每个人都很活跃，而且彼此联合。他母亲有时候会来听他的讲座，而且惯于独自驾车去苏格兰或意大利的朋友家做客。那都是些有房产的人家。

这只是个调节的问题，凯蒂一边挂起裙子，一边想道。我只在一个方面运转正常。但其他所有的事情，我每天都得仔细想好。也许我该把自己嫁接到某个土生土长的东西上，用什么办法让自己变成一个完整的个体。我能学。我能理解。我甚至能评判。我做不好的事情是调和。我得在这方面加把劲。

那晚，在她的梦中出现了不请自来的词句："Mais quand on voit l'angoisse qui résulte de ces liens brisés……[1]"但她不记得其余的话了。

---

[1] 法语：但是当这个人看见由于这组带的破裂而导致的痛苦……

第五章

凯蒂看着莫里斯把勺子伸向柠檬布丁。她一直看着他,直到他吃完,又再取了一块。他吃起来很认真,他的眼帘低垂。

"还行吗?"她问。

"你随便干什么事都很行。"他刮着盘子底说道。

她高兴得红了脸。他从来没这样对她说过话。

"我说的是实话。"他说,"瑞德迈尔教授对你那么满意,连我都觉得惊讶。看来他的那帮学生,在你的指导下有了神奇的进步。他说个没完没了。"

凯蒂的快乐稍稍有些消退。在她看来,自己为了取悦莫里斯所冒的风险,远比她职业上的成功要重要得多。而且不管怎么说,教书是她自己可以做的事情,既不需要征询莫里斯,也不需要他的帮忙。但她在心里叹了口气,接受了莫里斯的暗示——他看重的是这些。可毕竟他在这儿,这一点才是重要的。

"他们都很好相处。"她把空盘子放在托盘上。"拉尔特你当然认识。"每个人都认识拉尔特,他因为在自行车工厂外游荡受过警告,而且他经常会做出很多令人尴尬的荒唐举动。"拉尔特很有才华。米尔斯会回自己学校,从此毫无音讯。可是他也不错。让我担心的是费尔察德小姐。我好像没法让她开窍。我们在窗前喝咖啡吗?"

莫里斯把凯蒂叼着的香烟取下来,叼在自己嘴上,又把香烟还给了她。

"简·费尔察德?"他问,"我母亲觉得她很聪明的。"

"你母亲?"凯蒂接过香烟,吃惊地问。

"她住得离我们很近,在格洛斯特郡。她父母和我父母是朋友。"

"她长得很美。"凯蒂说,一边在心里琢磨刚听到的事。

"是个漂亮姑娘。"他坐到沙发上,伸直长腿,双手放在脑后,一直滑到他几乎平躺下来。凯蒂含情脉脉地注视着皱巴巴的沙发垫子,这些垫子都被他压得挪了位。他不在的时候,垫子总是一尘不染的,她不喜欢那样。

过了一分钟,他转过头笑着问道:"咖啡呢?"

凯蒂煮了咖啡给他端来。两人默默地喝着。过了一分钟,她问起他的法兰西之行。"基本上定下来了。"他拍拍身边的座位,示意她坐下。他又嘟哝说下星期要把车送到修车铺去。

"你就这样走了？到底什么时候？"

"噢，三四个星期之后吧。学期一结束就走。其实我可能会提前几天开溜。准备在那儿待到假期结束。你知道，那些大教堂，我并不是光去看看而已。在我心目中它们地位很高。"

凯蒂看着他。他的脸严肃、悲哀，没有了平时一直挂着的微笑。她以前从没见过他这样。

"怎么啦，亲爱的？你心情抑郁吗？"

"不，我亲爱的。我从来都不心情抑郁。"

亲爱的。凯蒂留意着他们通常的昵称。她每次都会留意。

"从来都不心情抑郁？"她问。由于竭力保持镇静，她的声音听上去有点假。"我非常怀疑还有别的人敢这样说。我觉得自己大部分时间都心情抑郁。"

莫里斯转过头看她，脸上又有了笑意。

"凯蒂，"他说，"凯蒂，你是不是根本就没有信仰？"

"是啊，"她说，"你怎么知道的？"

看到她的表情，他的笑意更浓了。"要是你有信仰的话，你总能认出那些没信仰的人。你，最亲爱的凯蒂，生活在一个无信仰的世界里。你会因此而紧张。我都没法告诉你，要是你知道上帝在照看你，生活会变得多么简单。你可以承受住一个又一个的打击。"

"那些打击是上帝安排的吗？"凯蒂有点刻薄地问。

"谁知道呢？"

"那你相信的究竟是什么呢?"凯蒂问。

莫里斯把胳膊从脖子后面拿开,身体前倾地坐着,把胳膊肘支在膝盖上,眼睛盯着地板。

"我相信天意。"他说。

凯蒂感到惊慌。他今天晚上很古怪,他比往常更牢固地封闭在自己的私人世界里,排斥着她的接近。而且她第一次意识到,他是个成年人,一个男人,他不仅仅是个现象,不仅仅是个出乎意料造访她生活的客人,而且是被自己的人生经历打下烙印的活人,他正开始显露这些烙印,他优雅的躯体中也含藏着自身不可避免的衰败。

她把一只手放在他的胳膊上。"莫里斯,"她温柔地说,"你说天意的时候,听上去你不太高兴。有什么事不对劲吗?"

过了很长时间他才回答。然后,他盯着地板,双手在膝间相握,就好像某种影像突然在地板上显现了出来,就好像地板对他有某种近乎法术的吸引力。

"不对劲的就是我失去了我爱的人。"他说。

凯蒂一动不动地坐着。她为他而感受到的痛苦几乎和她为自己而感受到的痛苦一样深重。她窗外的路灯有一刻变得模糊了。她坚决地盯着路灯,直到它重新变得清晰。"今天就到这里了,听众们。"卡罗琳的收音机传来的兴高采烈的声音叫道,接着是对听众的嘱咐:要照看好自己,下星期同样时间同样地方再见。

她转过头看他。

"你想跟我说说吗?"她问。她的声音与平常毫无二致。

他仍旧盯着地板,他的双手绞在一起,他的表情伤感。停了很长时间,他才转过头,像看陌生人一样看着她。他开始说话的时候,他的声音好像来自很远的地方,又好像来自他头颅的深处,就好像这声音越过了莫里斯生活经历的领地,而这领地凯蒂从来都没看见过一眼。

"说?"他说,"没什么可说的。"

"噢,莫里斯,"凯蒂难过地说,"你不相信我吗?"

他朝她笑了笑,又开始凝视地板。

"不,真的,"他说,"没什么可说的。我从来不谈这事。那时候我爱着那个女孩,我们正准备结婚,可她发现上帝给了她一个使命。她在加尔各答和特雷莎修女一起工作。就是这些。"

"她叫什么名字?"凯蒂问。

"露西。她叫露西。我从小就认识她。我们一直相爱。我们的父母是邻居。"他停了下来,但凯蒂意识到他现在愿意说了。

"我再煮一壶咖啡好吗?"她问。

"好啊,当然好啊。"

他跟着她进了厨房,就好像不愿意一个人待着似的。凯蒂想着她刚刚听到的话,又因为感觉到莫里斯就在身边,心里有些慌乱。壶里的水撒了一些出来。拿起一块抹布,他把地板上的水滴抹去。

"你和露西一样粗心,"他说,"露西是我见过的最邋遢的人。"

"你很爱她吗?"凯蒂问。她竭力让自己的手不要发抖。

"是的,当然。我对她的爱,足够我下半辈子用了。我来端盘子吧。"

他们重新沉默地坐下。从隔壁公寓传来一阵急促的音乐声,意味着新的节目开始了。然后莫里斯叹了口气。

"我知道她一直为我祈祷,"他说,"就像我一直为她祈祷一样。我知道我们俩再也不会比现在这样更接近了。"他又叹了口气。"没有了她和我说话,我很无聊,"他说,"我们什么都谈。我现在没人可以谈得来。"

这次她把他抱住,抱在了怀里,他们在黑暗中坐在一起,她觉得自己的整个心都融化在悲哀和惊奇之中。

是莫里斯从她怀里移开了身子。她吃惊地发现,他很快地恢复了平静。他的微笑重新回到了脸上,那种难以捉摸而又和蔼可亲的微笑,阻止着更深的探究。他喝下了变冷的咖啡,伸出杯子又要了一杯。凯蒂意识到他们在度过一个意义重大的夜晚,然而她所听到的一切都让她担心,而且她也不知道,他们会如何从这里继续发展下去。她走进厨房,她的手不同寻常地微微发抖。他应该早些就告诉我,她想。我会理解的。可是我消息不灵通。很简单，我消息不灵通。

她回到沙发旁，回到莫里斯身边，手里拿着不再需要的咖啡。她说："你还站在上帝一边吗？"她发自内心地感到好奇。

他的笑意变浓了，他的微笑变得难以形容。"你不明白吗？上帝在我的一边。他给了我那么多年的幸福和爱。那些幸福和爱永远都不会消失。我把自己当成是结了婚的。就这么简单。"

噢，莫里斯，凯蒂想道。我一辈子都不会知道你的感受。那么强烈，那么纯粹。我只是想和某个人生活在一起，这样我就可以开始我的生活了。事实上，我要的是你。而你却谁也不要。

"莫里斯，"她抓住他的手说道，"我理解你。请你千万相信我。我是你的朋友。"

他吻了她的手。"我当然相信你。亲爱的凯蒂。"

他们两个都意识到，这时候他应该离开了，今晚不可能有更多的交流了。然而她从来没像现在这样想让他留下。

"莫里斯，这都是什么时候发生的事？"当他在口袋里找车钥匙的时候，她问。

"三年前。"他回答说。然后，找到了钥匙，他在她脸颊上吻了一下，离开了。

三年前，玛丽-特蕾斯死了。死得很快，很安静，没有牧师的安慰，没有得到永生的保证，她的手在一堆核桃壳里掠过。他们在家从来都不提起她，而且凯蒂也不怎么去想她的死。她感觉到玛丽-特蕾斯死后，世界变得冷了一些，一种语速很快、天真单纯的声音不再向她询问，某种羞怯和矜持从她自己的生活中消失了，留下的是某种戒备，某种担忧，某种怀疑。这些腐蚀着她心灵的东西，会干涉她更加慷慨的冲动，这些天她不得不挣扎着去信任她先前的、更加质朴的对于安全的假定。这种安全感，她只在读书的时候，才能成功地重新找到。在这个晚上，这个意义重大的晚上，她第一次发现，有一种她前所未知的安全。她第一次发现，一个人对另一个人的爱可以营造出这样似乎有魔法保护着的生活，甚至连关于那种爱的回忆也提供了对安全的保证。她自己并不感到安全。而如果她有一个愿望的话，那就是感受这种对安全的保证，就是以那样的方式被爱，即使和所爱的人分离也不觉得孤单。她想知道，在她的生命中，在她自己的身上，是否有某种东西，能使她以那样的方式被爱。她意识到自己没有。她甚至缺乏比较的基础。或许这是因为她没有信仰，就像莫里斯说的，因为她紧张，因为她无法更加轻松自如地面对生活，因为她无法用平常心看待他。因为，他们难道不是最亲密的朋友吗？他跟其他人，难道会像今晚跟她那样说话吗？

但是我要的更多,她想道,一边坚决地擤了擤她的鼻子。我不想做一个值得信赖的、安全的、谨慎的人。我不想做一个善解人意的、有同情心的、会给人安慰的人。我不想做一个靠得住的人。我不想好好教瑞德迈尔教授的这个小组的学生,让他们有神奇的进步,我甚至不关心拉尔特今后会怎么样。我不要擅长让每个人开心。我甚至不要做什么好厨师,她想道,一边全力把水龙头打开,让水流冲刷在沾满新鲜西红柿汤印渍的碗上。我要做一个完全不讲理、完全不公平、非常苛求、非常美丽的人。我要在一个真正的家庭里成为其中的一员。我要我的父亲在身边,要我的父亲去打猎。我不要我的外祖母告诉我穿什么。我要穿牛仔裤,穿旧的属于我兄弟的套头衫,当然,我没有兄弟。我不要在这个该死的小公寓里度过我的一生。我要结婚礼物。我要成为大家公认的一对儿伴侣中的一员。我要一个离这儿很远的未来。我要莫里斯。

"卡罗琳。"她大步走到大门外,她的脸颊因为激动而变得通红。"你可不可以把收音机声音关小?我能听见船运预报的每个字,而且我还开着水龙头。"

卡罗琳的门打开了。卡罗琳穿着她常穿的淡蓝色的poule de luxe[1]套装,披着紫色印花雪纺绸的晨衣——晨衣的领口

---

[1] 法语:高级妓女。

还是马拉布生丝面料的，脚上穿了一双后跟非常高的拖鞋式女鞋。她的脚指甲涂成彩虹般的布拉斯李子的颜色。她的橙色头发闪闪发亮，她的脸上全副装扮，就好像她在等待访客。要是她真的在等，那么他一直没来。那个她经常谩骂的丈夫早就离她而去了。凯蒂有时候后悔自己的一时冲动，导致了她俩结成现在这种类似于朋友的关系。凯蒂刚搬来的时候，卡罗琳拜访过她。她对凯蒂有吸引力，因为她是个真正打扮入时的女人，而这在凯蒂工作的场所是很少见的。她们花了几个晚上互相交流关于衣服的心得，直到凯蒂怀着羞愧的心情，意识到卡罗琳极其令人厌烦。或者也许，她一丝不苟地想，卡罗琳只是对一切都感到极其厌烦。卡罗琳靠离婚赡养费生活，常常去咨询算命先生看自己什么时候会时来运转。卡罗琳每天都一丝不苟地打扮好，大部分时间都在哈罗兹[1]闲逛。卡罗琳的生活中很少有什么事情发生，尽管她有很多故事可讲，讲的都是她被遗弃之前的生活：聚会、游轮、在重要人物的家里度过的周末。"我为什么要嫁给他呢？"她真诚地问。他为什么要离开你呢，凯蒂想知道。但她太讲礼貌了，问不出口。这些天她很害怕听卡罗琳的回忆，常常有意躲着她。有一次她看见卡罗琳沿着老教堂街走来，大概刚在哈罗兹逛了一天。凯蒂看见她的紧身袜上有个

---

[1] Harrods，伦敦的大商场。

脱线的地方，看见她举着伞，拎着两个很皱的塑料袋。凯蒂觉得这个形象贴切地体现了一个从自己的高标准滑落下来的女人的状态。她因为恐惧而打了一个冷战，在那个刹那觉得自己要更加幸运一些。因为她还有莫里斯。

"怎么啦，凯蒂？"卡罗琳问。她真的有些吃惊。"看来你真生气了。你晚上过得好吗？"

莫里斯猛冲上楼梯的那一幕，不可能逃过卡罗琳的眼睛，这也是为什么凯蒂要避开她的原因。卡罗琳贪求信息，凯蒂却没有任何信息可以提供给她。

"进来，"卡罗琳说，"我刚刚煮了一壶茶。"她孤独得要命。

在这个当口，凯蒂要的正好是一壶茶。很久以来她在吃喝方面的欲求，都远比不上现在她想要喝茶的这种激情。她在围裙上擦了擦手，意识到自己的外表一定很不整洁。她跟着卡罗琳进了她的公寓。

"这茶太奇妙了，"她首肯道，"可是说真的，卡罗琳，声音太吵了。而且你知道你不是真的在听。"

"噢，亲爱的，我开收音机是为了给自己做个伴。这儿一到晚上你是知道的。死气沉沉。我就像九十岁的人。我只要想到……"

"不管怎么说，声音还是太吵了。"凯蒂说道。她伸出杯子要卡罗琳倒茶，这样也预先阻止了卡罗琳通常的啰唆解释。"噢,我知道你很孤单。也许,要是你找个工作呢?"这话题他们以前聊过。

"我到晚上还是会很孤单。"卡罗琳说。她这样说,凯蒂简直无言以对。

"你的男朋友怎么样?"停了一下,卡罗琳问。

"噢,还好,还好。"

"你生气了,凯蒂。噢,男人。你用不着告诉我。"

我告诉你,你也不会理解,凯蒂想道。没人能理解。在她看来,莫里斯的故事,她是没法告诉任何一个活人的。它毕竟是个秘密。

"我跟你说,亲爱的,"卡罗琳说,"你可以跟我一起去见见这个神奇的通灵人,是我刚刚发现的。不,真的,凯蒂,她简直让人难以置信。我知道你不相信这些,可这个人不一样。她跟我说了保罗的事,还说我现在生活停滞不前,我会在海外开创新的生活,会遇到一个名字以J开头的男人,是娱乐界的。当然,我的命运本来不是这样的,你知道,我以前比这要好得多。我有没有告诉过你,有一次我们在圣特罗佩兹包租游艇的事?"

她说过。而且说过很多次。

但有个想法在凯蒂的头脑里渐渐形成。要是她去见这个通灵人,坚决地告诉她自己不相信这一套把戏,然后等着听她说些什么呢?她需要某种信息,非常绝望地需要。因为莫里斯没说什么时候再来见她。而且他不久就会去法兰西看大教堂了。

"她在哪儿?"她问。

"我亲爱的,她离这里只有两分钟的路,就在古董市场的隔壁。而且她只要十英镑。而且她很神奇。她跟我说了关于房子租约到期的事情。"(这是她们常谈的另一个话题)"而且她跟我说,我正在找别的公寓,但我没必要费心思去找了,因为我会遇见一个名字以J开头的男人,是娱乐界的。"

"行,"凯蒂严肃地说,"我和你一起去。"

卡罗琳脸色转晴。她很容易高兴,也很容易失望。

"那我们下礼拜去。"她许诺说,"等着瞧吧。一切都会顺利的。"

"我也希望这样。"凯蒂说。突然间一切都安静了下来,她发觉电台的晚间播音结束了。时间肯定已经很晚了。她没有心力再和卡罗琳提收音机声音太吵这件事。她明白再怎么说也无济于事。

她步履沉重地穿过楼梯平台,回到自己的公寓房间,她留意到自己很疲乏。今晚发生的事,回想起来都显得毫不真实。她听到的一切果真是她听到的吗?她厌恶地想道,难道她自己去求签算卦这件事,可以和莫里斯深厚的信念相提并论吗?不过她今晚确实被触动了,也被感动了,但同时自己也走出了一步。我必须干些什么,她想道。我们再也不能像现在这样了。我没法忍受这样继续下去。

她躺到床上的时候,想起了玛丽-特蕾斯的《圣经》,她想从中找出原先曾给过她安慰的段落。但她觉得自己不配,因为她不是信徒。莫里斯谈到过天意。她自己也是个决定论者。但她会试着去相信上帝,她慵倦地想道。在寂静中她想,你在吗,要是你在的话,可以给我一个回音吗?

第六章

为了去见算命的女人,卡罗琳换上了紫罗兰色的裤子、蓝色的绸衬衣,脖子上挂了好几根项链。凯蒂看着她把一条长长的蓝头巾包在头上,心想,她在照自己的角色打扮呢,而且她还只是陪同而已。

"好玩吧,凯蒂?"卡罗琳兴致勃勃地说。她解下蓝头巾,换了一条绿色的,然后又把绿头巾换下。凯蒂听天由命地深陷在一张椅子里。

她心绪不宁。一方面她为自己正做的事深感羞愧。另一方面她意识到,这种咨询很容易让人上瘾。要是她听到的全是好事,她会再去,指望听到更多的好事。要是算出来前景不佳,她也会再去,指望自己运气好转。况且,她完全不可能知道任何事情,不可能真正地知道,不可能像知道学校所教科目那样地知道。在智识上和道德上,她都感到不安。但事情已经定下来了。卡罗琳已经预约了,尽管她们等了两个礼拜，而且不知道出于什么动机，预约时还给了个假名字。这也更让凯蒂感到羞愧。

另外还有让她不安的因素。头天晚上打电话的时候，露易丝的呼吸比往常更吃力了，而且她把电话交还给了瓦金来结束通话。"怎么了？"凯蒂问他。她有点累了，他说。天气这么热，热得不合季节。她这几天身体不太好。但没什么可担心的。他听上去很伤心，和平常不一样。"爸爸，"凯蒂说，"叫医生。"不，不，我亲爱的，一切都挺好的。为了让她开心一点，他买了洋蓟。露易丝爱吃洋蓟。电视上有个好节目。她明天会好些的。不要担心。凯蒂不忍心告诉他，保琳·本特利邀请了她去她家度周末。如果有必要的话，她准备取消。

还有她关于浪漫主义传统的演讲。已经定在了夏季学期的第四个星期。她还没开始做先期的准备，但她意识到这是某种测验。如果她完成得很好，那她就有可能获得正式的职位。现在她算是系里的客人，报酬是按她主持的讨论班发的，但大家差不多把她当成了永久性的研究工作者。可要是她的演讲成功了，她就可以认为自己的研究工作和自己的学徒期都结束了。

前一个星期的讨论班不像她希望的那样进展平稳。费尔察德小姐毫无理由地缺席了，于是拉尔特和米尔斯没有节制地争论起来，两人暴露出来的坏脾气，都超出了对那种场合来说适宜的程度。他们都累了。学期快结束了，他们由于便宜的食物和新鲜空气的缺乏而变得脸色苍白。凯蒂决定提前下课，因为这堂课已经无法朝好的方向转变了。同时她在下星期安排了最后一堂课。这是个不受欢迎的决定。那天晚些时候，瑞德迈尔教授问她课程进展如何。"很顺利。"她微笑着对他说。"我们都期待着你的演讲，莫勒小姐。"这明显是假话，所以她继续对他微笑。"很棒的东西。很棒的东西。"他总是这么说。当他的秘书带着文件走近的时候，他的眼睛亮了。"你有最近的预算吗？詹妮弗？好了，我不能再耽搁你了，莫勒小姐。我想詹妮弗要给我看什么东西。新楼，你知道的。"然后他就走了。

凯蒂感到有些烦躁，有些慵懒，这非常不同于她通常怯懦而平静的坚决。尽管她对卡罗琳平日的做派不以为然，她怀着真心实意的谦卑，想知道自己是否也能变成这样一个女人，变得喜欢自己的外表，花很多时间和努力去美化它，把自己外出的时间看成一天之内货真价实的参照点，对自己最终的命运着迷，但却期待别人来帮助她去实现。凯蒂常常觉得自己缺少某些关键的女性品质，这些品质流落在民间，通过拥有某种知识的女人辗转相传，而这种知识她却只能通过读书得到补充。她有时候浏览她给露易丝所买杂志上的建议栏目，甚至还研究过星相学。奇怪的是，每次她这样做，总觉得自己在干一件机密的事情。她知道自己选择了一条更严峻的、追求确凿知识的道路，但她还是被那奇怪的潜意识所可能提供的计策、保证、允诺所引诱。她估计，所有比她更有悟性的女人们，都在贪婪地分享着那些东西。必定有方法得到她想得到的，可她不知道那会是什么方法。她决定去见这个通灵人，也可以说是受到了这种隐秘方法的危险诱惑，就好比卡罗琳，以她自信而毫无必要的自我装饰，代表了另一种生活模式。就好像卡罗琳把自己当成了奖品，简单地等待有人来领取。而凯蒂则常常觉得她必须证明自己的价值、自己的可欲性、自己的优点、自己的权利。就好像她生活在一个道德法则通行无阻的世界里一样。她觉得自己在很多方面都是学徒，于是她必须在所有这些方面都下功夫。她渴望成为那更自信的大多数人中的一员，这些人作出种种假定，这些人拥有一种优越感，无论事实上这优越感是否有根据。几天前报纸店里发生的一件小事，把她逗乐了，但也给她留下了真切的印象。柜台后面的那个姑娘，是个精瘦而疲乏的金发女人，正卖一包香烟给附近建筑工地的一个英俊的年轻工人。那个男人拿出张十英镑的票子。"噢，基督啊，"那个姑娘说，"你没什么小一点的票子吗？我得到隔壁去找零。""那又怎么样？"他微笑着说，"难道我不值得你这么做吗？""不知道。"姑娘的表情没有变化，"我还没试过你呢，对吧？"这段对话让两人都很高兴。凯蒂跟着大笑起来，但同时也感到自己太一本正经了，知道她自己的举止绝不可能达到这样轻松自在的程度，也知道在某些场合这样做也可以是恰当的。

在去见通灵人的途中，她们也路过了那个报纸店。卡罗琳用手抓着手袋和围巾，摸着她的项链，如同妖妇一样扭动着身子。她的凉鞋看上去脆弱得令人发笑，她的脚在凉鞋里打着滑。时不时地她必须抓住凯蒂才能站稳，而凯蒂只好采取像殉教者那样僵直不动的姿势，直到卡罗琳完成所有必要的调整，她们又可以继续上路为止。她不明白卡罗琳是怎么自己到哈罗兹去的。她还知道卡罗琳能像任何人一样轻松地走路，只不过正在利用她，把她当作同行男士的现成替代品。她们不需要公共交通，为此凯蒂感到庆幸，因为否则卡罗琳会指望她组织今天的行程。如果有公共汽车的话，凯蒂得付她们的交通费用，否则凯蒂也得走到路当中去叫出租车。凯蒂思索着这些。她觉得卡罗琳拥有某种等同于负向能力[1]的东西。凯蒂总认为负向能力从属于行为举止的某些方面，而不是出自于感知方式的不同。

她们拐进一条小巷，在一扇破旧的大门前停下。大门上刷的油漆，颜色类似于瓶子的绿色。卡罗琳按门铃的时候，一只受惊的猫从窗台上跳下来，撞倒了两个牛奶瓶。凯蒂

---

[1] Negative Capability，济慈（John Keats）语，指安于不确定性、玄秘与疑惑而不强求真相或诉诸理智的能力。

捡起瓶子,把它们放回台阶上正确的位置。这时门开了,一个打扮整洁的老女人出现了。埃娃太太,凯蒂想道,一阵羞愧涌过她的全身。"你好,我亲爱的,"她对卡罗琳说,"把你的朋友带来了?"卡罗琳作了介绍,就好像她是在某个时髦的聚会上。"埃娃太太,"她抓住那女人的手说,"我要你会会我的朋友,摩尔蒂默小姐。"凯蒂深吸了一口气。她估计去做人工流产也是这种样子。"你好,"她听见自己在说,"我不会耽搁你很长时间的。顺便说一下,我的名字叫莫勒。凯蒂·莫勒。"她注意到自己的举止有些粗暴,又深吸了一口气。"我回家以后去看你,卡罗琳。"卡罗琳的脸沉了下来。埃娃太太温和而精明地朝她看了一眼。"你可以在隔壁等,在咖啡馆里。"她说。"然后你们可以一起回家。"随它去吧,只要能尽快把这事熬过去就行,凯蒂想道。我根本就不该来。我本该待在家里,琢磨琢磨《阿道尔夫》和浪漫主义传统。那才是我该做的。但现在她所做的,和原本自己应该做的,已经相差很远,她已经没有了退路。她跟着那女人进了屋,而卡罗琳朝她挥挥手给她鼓劲,又转过身踉踉跄跄地朝古董市场走去。凯蒂知道,只要她一走出视线,她的步态就会重新变得像正常人那样敏捷。事实也确实如此。

埃娃太太的咨询室很小,黑暗、肮脏、难以名状。但说来奇怪,这房间却也让人感到舒适。它或许象征了宇宙终极的混乱,或者原初的沼泽,那样的场景正好和宣示预言的女先知们相配。屋里有几个塌陷的扶手椅，肮脏的坐垫让它们的形状变得柔和，其中有两个扶手椅紧挨着。收音机的音量调得很低，有只猫在一张桌子底下睡觉，而另一张桌上放着吃剩的俭朴午餐。埃娃太太本人看上去像一所正规小学里的女教师。她令人放心的体态丰满，头发梳洗得很整洁，衣服一尘不染。事实上她穿一件宽松的印花布罩衫，显得很漂亮，她脖子上挂着根链子，上面吊着眼镜，这些也更让人联想到小学的课堂。她动作迟缓，举手投足都一板一眼。她关了收音机，赶走了猫，把自己安顿到椅子里，并示意凯蒂在另一张椅子里坐下。她伸手到自己椅子一侧挂着的人造革购物袋里，拿出一个保温瓶、一个杯子，给自己倒了一大杯橘子茶。她小口小口地喝着茶，一边端详起凯蒂的脸。凯蒂强迫自己沉稳地和她对视。这开始的十分钟估计比她将来的演讲还要难熬。感谢上帝，莫里斯永远不会知道这些事，她想道。那女人微笑了起来。"你在想你男朋友？"她问。

因为房间很暗，凯蒂注意到了午后的明亮和安静。阳光在那女人眼镜的边框上闪耀着，而室内的温暖让坐垫散发出一种惬意的闷热气味。埃娃太太喝着茶，并不怎么太在意她。她不知道已经这样在屋里待了多久，但说来奇怪，她感到很安全，因为这是个秘密的地方。一种彻底的宁静包围着她，这种宁静最终被保温瓶盖子微弱的呱呱声打断了。瓶子放在了桌上，以备将来啜饮。然后那女人的手又一次伸进人造革袋子，拿出一个小水晶球。

埃娃太太俯身端详着凯蒂合捧的双手。"我看见一个男人。"她说。她的声音没有达到她的外表所设立的标准，但确实可以听出职业吉普赛人的那种特别的腔调。凯蒂的心开始狂跳起来。怀着惶恐和惊奇，她感到自己正在屈从于这种氛围。"一个男人，"埃娃太太重复说，"很高。长相标致。聪明。你在上班的时候认识他的。"凯蒂点点头。那女人粗重地呼吸着。"现在我看见一个亲戚。老女人。有点小问题。但还没到时间。还在将来。做好准备吧。我看见一个外国城市。"她突然停下来，擦了擦嘴角的湿痕。"干这个活，能把人折腾得半死。"她对凯蒂说，"有时候到了晚上，我连做头发的力气都没了。太累了。"她的头发，颜色就像锈蚀的黄铜，是个表面十分光洁的金字塔，显然需要花些工夫才做得成。她重新俯下身察看凯蒂的双手。"我看见一座高楼。像个教堂。我看见你走进去。也许是个婚礼。我觉得不是。也可能是。我看不清。等一等。亲爱的，我先喝口茶。"

保温瓶又一次旋开。法兰西的大教堂，凯蒂想，只可能是这个意思。房间里更热了，看来是因为那女人努力把自己的想法付诸言辞而造成的。因为，尽管凯蒂折服于她的洞察，她却由于埃娃太太明显的不擅言辞而分心了。大概是出于教师的职业习惯，她发现自己在转述听到的信息。她发现经过转述，信息变得更加丰富了。

"你很聪明，"算命人说道，"以后会有很多的成就。你不用担心钱财。你会很有保障的。以后更是这样。"凯蒂对这种信息不感兴趣，因为这她早就知道了。但她估计大家来这儿想听的都是这些事。

女人在凯蒂的手掌里拨转着水晶球。"我总是看见这座大楼。还有这个外国城市。"她从眼镜框上面看着凯蒂，"你是不是在想出国？"凯蒂发现自己点点头。在她眼前展开的前景，让她惊骇而又迷惑。"就是这样。"埃娃太太说，"你要去一个什么地方。"她又一次粗重地吸气。"我看见一个女士。你的母亲？她过去了吗？"凯蒂不理解地看着她。"母亲？"那女人重复说，"她过世了吗？"凯蒂点了点头，感到喉咙哽塞。这让她吃惊，因为她从来没有为自己的母亲哭过，她从来也不敢。她甚至从来不敢想玛丽-特蕾斯是她的母亲。这个人和这个概念的联结以某种她无法想象的方式感动了她。"母亲在看着。"埃娃太太说。眼泪从凯蒂的眼眶里溢出来。"行了，亲爱的，"埃娃太太说，"母亲在看着。"

她叹了一口气，又坐回去，从瓶里倒出最后一点茶水。"你还想问我什么吗，亲爱的？"

"告诉我那个男人的事情。"凯蒂说。她已经丧失了所有的矜持。

埃娃太太又叹了口气，再次俯身察看水晶球。"我觉得他爱你，"她说，"可是不很清楚。有人在阻碍他。他结婚了吗？"

凯蒂摇摇头，说不出话来。

"他和一个人有关联，"这个灵媒说道，"一个女孩。"她突然显得心不在焉。"非常聪明。"她含糊地说，"结果很不好。"凯蒂不理解这些话，但这些话说出了她对露西故事的感受。"他很聪明，各方面都好。"那女人突然又变得敏锐起来。"试试你的运气吧，亲爱的。在国外试试你的运气。"

凯蒂在恍惚中感激地交给她十英镑。她双腿抖晃，慢慢走进被太阳暴晒着的小巷，她的行动方针终于明确了。她没有发觉自己已经走进了古董市场，那儿耀眼的色彩标志了卡罗琳的方位。卡罗琳在一张凳子上歇息，两杯茶在等着她。这么多茶，凯蒂想，但她感激地喝了起来。她并不惊奇地发现自己的手在颤抖。我必须长大，她想。我再也不要像这样谦卑了。我能做决定，我能开始行动，就像大家一样。我不蠢，我也不穷。我随便做什么事都不需要谁来批准。我已经长大了，可以自己拿主意了。我母亲十八岁就守寡了，我父亲二十一岁就死了。我在浪费时间。我不能再浪费下去了。

"怎么样？"卡罗琳问。

"她挺不错的。"凯蒂清醒地说道，尽管她已经记不准刚才听到的话了。她记得那个小房间，记得在眼镜上反射的阳光、坐垫的气味，还记得那不可思议的梳成的头，在她面前俯向水晶球。她没有收集到什么情报，但在她的意识中发生了某种转变。

她觉得很难把自己听到的一切讲给卡罗琳听，但卡罗琳当然什么都想知道。她惊慌地想起埃娃太太说的关于一个老年亲戚的事，决定这天晚上就去看她的外祖父母，而不是等到周末再去。她感到很累、很伤心，不知怎地还变老了一些。

"可是你男朋友呢？"卡罗琳不依不饶地问。在她的心目中，这才是此行的目的。她们去见埃娃太太，为的就是这个。

一种奇怪的晦涩，贯穿着埃娃太太关于莫里斯的那些话。关于他的处境，关于他们相会的情形，其中的关键之处她都捕捉到了，她还看见了露西。她提到了爱。她看见了他显然仍在持续中的"婚姻"。她看见了他们在国外。她看见了一个教堂。一个很大的教堂。事实上，一个教区主教堂。

"她没说什么。"凯蒂告诉卡罗琳，后者显然大失所望。

凯蒂突然感到了自己对卡罗琳的温情。卡罗琳煞费苦心地打扮起来，结果只是在气味不良的古董市场里坐了半天，而她本来可以在哈罗兹消磨整个下午。但看着卡罗琳把头巾扎上又解开，为回家的短暂路程最后修饰她的外表，凯蒂知道自己无法忍受再扮演配角了。

"我得留下你一个人了。"她说，"我想去看外祖母。我现在走，还可以赶在高峰之前。"她暗暗惊叹自己的铁石心肠，而当卡罗琳的脸色阴沉下来——因为她生气了，她没有听到自己想听的东西——凯蒂凑过去吻了她一下——这是她以前从未做过的——坚决地转身朝洒满阳光的大街走去。一分钟后，她上了去维多利亚的公共汽车。

在去外祖父母家的短暂而乏味的旅程中，凯蒂·莫勒考虑着自己的现状。现在她激动的情绪正在退潮（这让她感到十分疲惫），她怜悯地想起自己先前的被动，想起她用母亲《圣经》上随意找到的段落所体现的希望来维持自己的幻觉，想起她曾经幻想时间会把一切安排好而她只需要等待。但我必须行动，她想。现在的我令人厌烦，是个无足轻重的人，甚至连棋盘上的小卒子也算不上。她开始审查自己拥有的服装，找出那些安全的、中性的、代表她外祖母过时的古典品味的衣服，在心里把它们转移到衣橱后面。在火车上她的周围都是不比她年轻多少的姑娘，她们穿着长裤和套头衫，头发很长很乱，自然地不修边幅，脸上也不施脂粉。凯蒂想，她们要是化一点妆，稍微下点功夫，可能会更好看一些。但有可能我错了，她对自己说。我有可能太僵化了，太正规了。

她把钥匙插进她外祖父母房子的门锁，听见了法语的高声询问。然后电视机关了。一种醉人的香气从他们起居室的门下飘出来。她打开门，看见了爸爸惊慌的脸。

"怎么回事，特蕾斯？"他问，"你病了吗，我亲爱的？"

她在车站边的花店给他买了一束水仙。她把花给他,又吻了他。"我只是想见你们。"她说。他脸上绽开了以前谢幕时的那种微笑。

凯蒂看见了他们俩,脖子上围着餐巾,下巴上沾着奶油。两人之间有个额外的盘子,供他们丢弃洋蓟的叶子。他们在电视机前吃饭,因为他们不再讲究生活中的繁文缛节。凯蒂宽慰地发现,露易丝看上去并不怎么像在生病。但她看上去也并不怎么太健康。她变得非常肥胖,往往穿同一件沾满烟灰的黑衣服。一条钩针编织的三角披肩——像门房所戴的那种——披在她的肩上。露易丝发觉了她的目光。她笑了,但她微微地眯起了眼睛。

"Et, oui[1]." 她承认道,"Nous dinons en grande toilette, comme d'habitude[2]."

说完他们都大笑起来。凯蒂感激地大笑,因为她外祖母神采依旧。埃娃太太说过现在还用不着担心。而且确实没多少时间了。她决定把保琳·本特利的邀请推迟到下个星期。她应该再次做个居家的女儿。或许这样的机会以后不多了,她想。

他们一起观看了有关海豹幼崽的一个电视节目。发自内

---

[1] 法语:你都看见了。
[2] 法语:我们习惯在大梳妆台上(双关:厕所里)吃晚饭。

心的解说，本来是为了唤起他们的同情心，但却成了对牛弹琴，因为露易丝觉得海豹皮是老年妇女用来做大衣的绝好材料，而瓦金和凯蒂本来就没在听。

喝完一杯 tisane [1]，当她离开他们的时候，天色已经暗了，不过她留意到，现在白昼的时间正在变长，蓝蓝的暮色也不像先前那么浓重了。今年的复活节有点迟，不过也马上就要到了。女贞树上绽开的花蕾，使空气微微有些刺鼻，几乎算不上是气味。她心血来潮地叫了车站外唯一的出租车直达老教堂街。回到家里，卡罗琳的收音机还像往常一样开得太响，不过她现在已经能够忽视这一点。外套都没脱她就走到电话机旁，拨了莫里斯的号码。没人接听。她慢慢踱进厨房，吃了一个苹果，然后进了卧室。说来奇怪，她现在有点紧张。回到了自己熟悉的环境，她早先的决断动摇了。她又试了一次莫里斯的电话。还是没人接听。她泡了一个澡，又吃了一个苹果，上了床，试着让自己读书。十一点刚过，她又拨了一次。这次他马上接了。

"莫里斯，"凯蒂说，"我打扰你了吗？我是凯蒂。"

"我知道你是凯蒂，"他温和地说，"我能为你做些什么吗？"

她深吸了一口气。

---

[1] 法语：茶。

"我决定到巴黎去,稍微准备一下演讲稿。有几件事情我要去查证一下。我们能在那儿见面吗?"

他大笑了起来。"可能有些困难,我亲爱的。你知道,我会开着车到处转。你什么时候会在那儿?"

"我也不太确定。"凯蒂说,"可我们俩差不多在同一个地方却不见面,有点荒唐。"她意识到自己在央求,马上克制住了自己。

"要是你打算去圣德尼,你得经过巴黎,"她又一丝不苟地补充道,"不过,圣德尼是修道院所属教堂,而不是教区主教堂。"

"你说得对。"他斟酌着,"可我确实喜欢那些坟墓。"停了一会儿。"干吗不呢?"他说,"我返回的时候可以顺道去找你。你会在哪儿?"

"在西区旅馆,"她说,"靠近蒙田大道。"她在出租车上已经决定了。

他大笑起来。"可笑的凯蒂。不过那也挺好,那我月底给你那儿打个电话。"然后他挂了。

那天晚上凯蒂没有睡好。但第二天早上醒来,她觉得精力充沛,开始着手制订进一步的计划。

第七章

凯蒂变得很瘦。她看着镜子里苍白的脸,决定还是接受保琳·本特利的邀请去度周末。她希望回到伦敦的时候,脸色红润,面貌一新。所有这一切都是为了在她去巴黎的时候,给人留下个好印象。她和保琳不很熟悉,但她们彼此了解对方学术上的工作,因此两人维持着一种冷静的、漫不经心的同道者关系。保琳·本特利和自己的母亲住在格洛斯特郡的一个乡间村舍,而对凯蒂来说,格洛斯特郡就是圣地。我不是正好可以熟悉一下那里的格局么,她想。就好像在她眼里,格洛斯特郡是学术研究的对象。

而且看来格洛斯特郡确实是个学术研究的对象。这是因为,当她坐在车厢里,柔和的乡间景色展现在她眼前的时候,她在自己的内心找不到对大自然的一种特别感应,一种与研究浪漫主义传统的自己相称的感应。可也许这儿的地形地貌不对劲,她想。浪漫主义的主人公们好像总是游荡在废墟间，或者是瀑布旁，或者是山里；总是在暴风骤雨的天气，或者是夜晚；他们总是在思考永恒，或者在发疯；他们总是穿着乱蓬蓬的礼服大衣，一只脚蹬在岩石上；而且众所周知，他们都认为满怀希望地旅行比抵达终点要更好。大自然强行赋予了他们去理解它——或者更准确地说——去理解她的义务。大自然，上帝的这个伟大的雌性必然结果，和她的雄性对等物同样地不解人意并且不可理解。这些凯蒂都明白。她还了解那种去接近这两者的愿望——去审视它们，以获得某种意义或者某种答案——假如有可能找到答案的话。不过，他们得到的回应通常都是自己的杜撰，于是上面那些话是在兜圈子。她严肃地看着窗外阳光下的田野，想道：总的来说，如果大自然不来碍手碍脚的话，思想上的混乱就会少很多。《阿道尔夫》的作者把故事设定在"dans la petite ville de D__"，是完全正确的。我倒一直没意识到这本书那么聪明。里面的每句话都很精确，都毫无怜悯，都出于作者自己的思考。里面没有客观的关联物。没有答案。而且也没有辩解。

保琳·本特利在小火车站等她。她穿着平常的粗花呢套装，一只查尔斯国王矮脚狗悲哀地坐在她的脚边。保琳是个聪明而瘦削的女人。见到保琳，这又一次提醒了凯蒂，要是她自己的生活再不改变的话，在等着她的是什么。保琳很有天赋，是个可敬的老师，但她受人钦佩甚于招人喜爱。因为多年来一直隐藏自己的内心,她变得尖刻,不动感情,从某种意义上说,这对学校的工作效率是有利的,但是有些学生,希望在他们的女性老师身上看到——并且也甘愿宽容——某种妖艳的家庭女教师的风致,对他们来说,这当然是不利的。保琳和她寡居的母亲一起住,她母亲几乎全瞎了。保琳每天晚上从学校开车回到这个小地方,她购买的物品放在后座箱里。她回家后会把家里的灯打开,因为对她母亲而言,坐在黑暗里还是坐在光亮处并没有什么差别。她会把壁炉生上火,然后做晚饭。她母亲从前也是个出类拔萃的大学老师,喜欢打听各种消息,并且为自己的消息灵通而颇感自豪。她觉得自己的女儿虽然值得称赞,但是缺乏雄心,因此总是催促她多发表些论文。保琳在冷飕飕的厨房里洗漱的时候,会双脚疼痛,过一会儿就换只脚站地,心里只想着她的电热毯和不列颠广播电台的环球播音节目[1],这些东西会陪伴她度过越来越无眠的夜晚。她很高兴凯蒂来分担一些她肩头的重量。

"我们还不如就在这儿喝杯咖啡呢。"保琳说着,一边弄醒那条狗。"这样等回家以后,我只要准备午饭就行了。我希望你不会在意火腿和色拉。我母亲非常期待见到你。"她补充了一句,大步朝前走着。

---

[1] The BBC World Service.

那条狗已经很老了,看上去活不了太久。凯蒂不太喜欢地看着它,但它却不假思索地紧跟着她,显然没有注意到她的心思。它在咖啡馆的桌下睡着的时候,全身重量都压在她的腿上,热乎乎的,令人不快。这咖啡馆也非常暖和,而且人满为患。有很多全家出行的都在这里歇脚。闷闷不乐的家庭成员们,围坐在一起吃着烤面包片加烘豆,他们把手帕包在金属茶壶烫人的把手上。凯蒂意识到这里的乡间是旅游的去处,而旅游季节正好刚刚开始。两个女服务员都是中年妇女,她们互相叫喊着,常常忘了客人点的菜——因为太忙乱了,来不及写下来。桌子间窄小的空地满是购物篮子、推车,当然还有那只狗。就算是我来经营这个地方,也不至于这样,凯蒂想道。她对这里的印象不佳,因为她继承了自己外祖母对业余水准的轻蔑态度。而对保琳来说,这是个有用的地方,可以在此消磨时间等到啤酒馆开门。说到底,她很少留意自己吃的是什么,喝的是什么。

"你的演讲准备得怎么样了?"她问凯蒂。她是唯一真正想知道的人,凯蒂想道,而我却没怎么想过这件事。

"我没怎么想过这件事,"她回答说,"等到学期结束我才有时间考虑。我这学期教书的事情比料想的要多。"

"我们来看看,"保琳说,"你班上有拉尔特,是吧?你得花点工夫才跟得上他。花在他身上的时间也多。"

"这个小组不错,"凯蒂说,"不过上星期人更少了。费尔察德小姐没来。我觉得最好去打听一下,看她是不是病了。"

"简?噢,她没事。我来接你之前在村里见到她了。"

"她住在这儿吗?"凯蒂有点吃惊地问。

"我亲爱的,这片地方差不多全是费尔察德家族的产业。"

"噢,对了,"凯蒂故作平静地问,"莫里斯·毕肖普也住在这附近,是不是?"

"是啊。"保琳说。她把一只硕大的手表从袖口里拉出来,又把狗踢醒。"他住的地方还要再远些。我们还有时间赶紧喝一杯杜松子酒,再晚我母亲就要开始担心了。"

凯蒂感到有点失望,因为她听到的不多,但她下决心不再多问。她跟着保琳,随着咖啡馆里的一多半人,走进了啤酒馆。我什么也不会了解,她想。而且以这样的速度,我也不会呼吸到很多新鲜空气。

在啤酒馆待了四十五分钟之后,她们坐进了保琳的小车,车里立刻充满了狗的气味。她们沉默地行驶了六英里,然后突然在一个电话亭旁边停了下来。对面的一排四座村舍,就是保琳的村子。凯蒂为她感到心痛。她每天晚上到这儿来,就连最黑暗的冬天也不例外,凯蒂对自己说道。她没有人可以说说话。她得安排人白天来照看她的母亲。她母亲死了以后,她该怎么办呢?很可能继续住在同样的地方,这样就更孤单了。而且这些她自己都知道。她太聪明了,不可能不知道。她是个所谓被解放的妇女,凯蒂想道。那些被束缚的家庭主妇还嫉妒她呢。她感到一种急迫的需要,要把自己的生活安排好,要确保自己不变成像卡罗琳或者保琳那样的人。这两个人,一个那么愚蠢,一个那么聪明,但同样都那么孤独。她这两个朋友假如见面,彼此肯定会无话可说,但她觉得她们是同一种冲突的伤亡人员,是某种战争的失败方。在这种战争里,天意被公认为起了很大的作用,它决定了某些人的结局,对另一些人则并非如此。

"我希望你不会感到厌倦,"保琳的声音打断了她的思绪,"母亲喜欢我周末尽可能多陪陪她。那样你就会很自由。你可以发发善心,带狗出去散步——要是它能醒着的话。它根本就缺乏锻炼。"

下车的时候,凯蒂认真地呼吸起来,每个觉得这样做对自己有好处的人,都像她那个样子。保琳知道雾蒙蒙的二十五英里开外有个核电站,因此她冷嘲地微笑着,但什么也没说。和她母亲住在一起这么多年,她习惯了把坏消息留给心里。

但本特利夫人和凯蒂彼此相见甚欢。本特利夫人坐在天花板很低的阴凉的小房间里,房间的窗户被黄铜缸里多肉的绿色植物掩蔽着。在一张翼状靠背扶手椅的旁边,凯蒂坐在凳子上,而保琳退到了厨房去准备午餐。本特利夫人坐在椅子里,伸出一只长满老年斑的颤抖的大手,凯蒂握住它,用双手捧着它。她留意到本特利夫人瘦骨嶙峋但依然能活动的身架，对襟毛衣口袋里露出的男用手绢，披在硕大头颅上的稀疏白发，像孩子穿的那种凉鞋里一动不动的长长的窄脚。

"现在，我亲爱的，"本特利夫人用教师那种传得很远的声音问道，"你得告诉我你是谁，你是什么人？因为我自己什么也看不见。"

"我叫凯蒂，"凯蒂说，"尽管我的名字叫特蕾斯。我和保琳是同事……"

"要是你的名字叫特蕾斯，为什么你又叫凯蒂呢？"本特利夫人很有兴趣地问。而凯蒂尽管在正常情况下不谈这些事情，却发现自己在告诉本特利夫人她外祖父母和她的父母的事。这算不上什么故事，但本特利夫人听得很高兴，她听第三广播电台已经听厌了，收音机就放在她椅子旁边。凯蒂的故事就像一部爱德华时期的小说，那些小说可惜她再也没法读了。保琳端着托盘回来，开始在小桌子上摆放各种盘子，又把小桌子挪到她母亲椅子的附近。这时候凯蒂正在说她母亲的结婚礼服，现在还包着绵纸，仍旧挂在她外祖父母的公寓里，连同那配套的缎面小鞋。

"那可太迷人了！"本特利夫人叫道，"你在家里说法语吗？对你的工作来说，那肯定是个有利条件。"

保琳隐隐含笑，她把一个小盘子移到母亲身边，那里面的食物都切成了小块。她轻轻地把母亲的手腕拉近那个盘子。本特利夫人用颤抖的手拿起叉子。她们开始了午餐。

"现在我不出去了,"本特利夫人满不在乎地说,"除非保琳开车带我出去。坐在车上我就觉得有点头晕,因为我看不见。"

"我外祖母也从来不外出。"凯蒂说道。一小块西红柿正在本特利夫人毛衣的粗糙表面缓缓滑下,凯蒂顺手把它取了下来。

"我希望我们能见个面。两个老女人有多少话可以谈啊,就算她们本来不认识。而且我们俩都只有一个女儿。"

有一会儿工夫她们都在考虑这种可能性。然后她们意识到这是不可能的,于是把这个念头丢开了。保琳迅速地瞟了凯蒂一眼,因为凯蒂正在用手绢擦干本特利夫人杯子里洒出来的水。她看见凯蒂脸色平静,毫不尴尬,心里就放松了。凯蒂见多了老年人琐碎的邋遢,根本没有多想。她更担心的是自己已经不小,还在浪费大好年华。

她们喝了咖啡。本特利夫人从她对襟毛衣的口袋里拿出一只坑坑洼洼的马口铁罐子和一盒香烟纸,开始用颤抖的手指卷起一支香烟。香烟点燃之后,有一两秒钟它燃成火苗,然后就熄了。

"你要我的香烟吗?"凯蒂问。

"不,谢谢你,我亲爱的。我其实只想摆弄一下那个罐子。是个习惯,真的。那是我丈夫的。好了,我通常现在就休息了。保琳可以带你去看看花园。可我很想听听你的工作——也许喝完茶你可以跟我说说你的演讲。你知道,我一直和学术界保持联系的。毕竟我们这代人是最先读到《浪漫主义剧痛》的。我丈夫和我结婚旅行的时候还拜访了罗马的普拉兹教授。"她靠在椅背上,在收音机顶上抓摸到一条绿绸大手绢,把它盖在脸上。几秒钟之后她就睡着了。保琳拉起手绢的一角,又轻轻放下,示意凯蒂跟她到厨房去。

"你引起了轰动。"她用中立的语气说道。她对凯蒂非常满意。"现在,像普罗斯佩洛斯[1]那样,我要给你自由。带上那只该死的狗,往外走。今天下午天气很好。四点半我们喝茶。"

"我能帮什么忙吗?"凯蒂问。

"你已经帮了大忙了。"保琳说,"你确定这鞋舒服吗?你的样子很时髦。我们在这儿不怎么讲究穿戴。没什么机会。"

凯蒂注意到小小的石制洗涤槽、木头的滴水板,注意到窗台上的野花插在深色玻璃瓶的脏水里。没有冰箱。只有储藏柜。

"保琳,"凯蒂心血来潮地说,"让我带你们俩去吃晚餐吧。有我们两个在,你母亲不会有事的。而且你也应该多出去走走。我不喜欢老是觉得你在伺候我。"

在正常情况下,保琳是不会考虑这种事的。她想起早上

---

[1] Prosperos,莎士比亚戏剧《暴风雨》中的人物。

买的肉糜，突然决定用它来喂狗。

"嗯，倒是有一个名字叫庄园的，"她慢慢地说，"是附近的旅馆。很时髦的。我不觉得……"

"它在哪儿？"凯蒂问，"我是不是可以走到那儿去预订一个桌子？"她的语调那么急切，保琳微笑着答应了。

凯蒂带着狗出发了，她一心想着要她们今晚过一个真正的欢宴之夜。对保琳来说，打破常规是最关键的，而她知道那个老太太也会喜欢换换环境。她理所应当该享受一下，凯蒂想道。她们两个都该享受一下。可她们自己不会主动去做。

她找到了庄园旅馆。那是所大房子，坐落在很大的花园里。她订了晚上的桌子，因为走路渴了，又问是否可以喝一杯茶。她开始有点摸到乡村的门道了，她想。甚至连那条狗也毫无异议地跟着她。他们之间无话可说，因为凯蒂认为不值得跟动物说废话。或者，凯蒂甚至认为根本不值得说废话，因为每个字都该算数。这让她又一次想起了《阿道尔夫》。坐在花园里，小口地喝着茶，她考虑着那辉煌和令人恐惧的未来。如果一切都进展顺利的话，有一天她会发现自己坐在自家的花园里，那花园有点像这一个。喝完了茶，她害羞地把心思从这里转开，但这个尚未实现的想法让她脸上发红，有一阵她的外表看上去和内心一样高兴。她几乎没有留心回村舍的路程。

"现在，我亲爱的。"本特利夫人开始说道。她有点拿不定主意，把一片面包加奶酪又放回到盘子里。"你得告诉我你在干什么。存在主义传进来的时候我离开了这个领域，总的来说，我很高兴在那时候离开了。"

"怎么会这样呢？"凯蒂叫道，"那是个令人信服的信条。我有时候觉得那是我唯一能相信的信条。"

本特利夫人拿出罐子，又造了一根香烟。"我觉得它只是基督教的一种世俗化形式，而且是情绪低落的那一种。"

"但问题的关键就在这儿，"凯蒂说，"因为它是世俗化的，所以每个人都能加入。那里面没有选民也没有恩典。那是一种纯粹的伦理系统。"

本特利夫人隐隐含笑。"你理解关于荒诞的概念吗？"她用自己以前对待学生的那种宽容口气问道。"不要引用加缪[1]的文本。"她补充说。

凯蒂想了想。"说起来很困难。它的主要论点是这样的。人的自然境况天生就是荒谬的，因为他时刻都在作假定，而这些假定通常是不正确的。任何开端都不会自然地导致一个人的好运，或者厄运。因此信心和乐观并没有任何切实的根据。所有的力量都以万物为刍狗。要是你不喜欢无限的自由意志这种前景——又有谁会喜欢呢——你可以发动你自己的反抗。你可以做一个'没有上帝的圣徒'，就像加缪说的

---

[1] 法国小说家。

那样。"她又补充道:"尽管我不很确定,但我的一个学生认为,存在主义是一种浪漫主义现象。"

"噢,可我从来都不怀疑这一点。"本特利夫人用一种干巴巴的语调说。她欣喜地发现自己仍然在比赛中领先。保琳不得不强硬地两次提醒她,她们今晚还要出去。当她在女儿的搀扶下离开房间时,她的嘴角上还带着胜利的微笑。

她们重新聚在一起的时候,总的来说对彼此都很满意。保琳穿了件浅色的羊毛裙装,显然这是她最好的衣服了。本特利夫人在一双古老的船形高跟浅帮鞋里轻微地摇晃着,她穿了丝绸裙装和夹克衫,夹克的口袋里装着手绢和罐子。本特利夫人嘱咐保琳把狗带到隔壁辛格尔顿家去,首先还得弄醒它才行。在她们等待的时候,本特利夫人摸索着抓住了凯蒂的手。"照看好我的女儿。"她突然说,"我现在没法为她做什么了。我死了以后,我要她周游世界,离开这个地方。我要她一下子花光所有的钱。你会帮我照看她吗?"

凯蒂捏紧了她的手。"我答应你。"她说。

晚餐是个巨大的成功。旅馆里温暖而安静,餐桌也不是太拥挤,窗户都打开了,外面是空无一人的花园。她们劝本特利夫人喝了一杯葡萄酒。不知道是因为葡萄酒的缘故,还是因为凯蒂的允诺,她变得非常兴奋。

"母亲,"保琳提醒她,"你会睡不着的。"

"管它呢?"本特利夫人叫道。她把叉子戳到了苹果奶油布丁前面的桌上。"既然我会睡不着,那还不如现在要点咖啡。"

她们喝了咖啡和白兰地,这主要是为了保琳的缘故,因为凯蒂觉得保琳应该睡觉。凯蒂满意地看到,保琳看上去年轻了许多。烛光把她美化了,给她脸上增添了血色。凯蒂想,她看上去非常像一个典型的英国人。虽然害羞,但却坚强。她会没事的,凯蒂断定。她会周游世界,这点我可以担保。她还会嫁给一个退休的殖民地官员,在香港定居下来。我会每年一次收到她的消息——圣诞贺卡里夹着的一封信,结尾是"乔治同贺"。我能看得很清楚。

"这实在令人高兴。"本特利夫人说。她又点燃了一支香烟。"这里以前是私家住所,那时候我和我丈夫常来。那时候我们认识好多人。德林家。格兰特汉姆家。毕肖普家。"

凯蒂的心跳加快了。"噢,对了,"她漫不经心地说,"莫里斯·毕肖普就在我们学校的历史系。"

"莫里斯是个独子,"本特利夫人沉思着说,"他的婚姻多么叫人伤心啊。玛格丽特,他的母亲,因为这件事伤透了心。"

凯蒂慢吞吞地说:"你是指他最终没结成的婚?"

"对。还是那么漂亮的一个姑娘。他们俩那么情投意合。我们都没法理解。"

"是啊,那肯定很让人伤心。"凯蒂小心地把自己的声音放平缓。保琳偷偷看了她一眼。"我还以为这件事他们会保密呢。"她的意思是，我还以为这是个秘密呢，我还以为莫里斯只告诉了我一个人呢。

本特利夫人相当粗鄙地大笑起来。"这种事情是瞒不住的。我记得他们两个也都不是口风很紧的人。亨利·毕肖普觉得那都是没必要的小题大做。"

凯蒂突然觉得透不过气来，她叫住一个路过的侍者，吩咐他准备账单。本特利夫人在保琳的拉扯下站起身来，在凯蒂的眼里，她变得心肠更硬了一些，同情心更少了一些。凯蒂注意到，本特利夫人的牙齿，和她们家那条狗的牙齿一样又长又黄。她们走到露天的时候，凯蒂的心情好了一些。夜空黑得很浓烈，有股甜甜的味道。在回家的短短车程中，本特利夫人仍旧很兴奋。就连凯蒂也看得出来，今晚她会失眠了。凯蒂在想她自己会不会失眠。

在楼上她自己的小卧室里，凯蒂走到窗前。她透过窗户看见了新月，立刻本能地避开了。下个月要倒霉了。噢，我出生得多么不吉利，她想。我在任何地方都感到不自在。我什么都不相信。我真的是生活在一个存在主义者的世界里。对我来说，没有可信的预言。她深吸了一口气，试着让自己平静下来。可要是这样，她想道，要是我什么也不相信——既不信《圣经》，也不信天意，更不信埃娃太太——我怎么能相信关于月亮的胡诌呢？

突然，那条狗毫无理由地醒了，呜咽着在厨房里踱起步来，然后又顺着楼梯跑上来。它溜进保琳的卧室，又走出来在凯蒂的门外坐下，沉重地喘息着。凯蒂叹了口气，放它进来。它立刻感激地睡着了。过了一会儿，凯蒂也觉得很高兴有它做伴。

第八章

莫里斯走了,更确切地说,凯蒂估计莫里斯已经走了,因为他们之间再也没通过音讯。凯蒂突然发现自己无事可做。学期结束了,她打算整理一下自己的住所,考虑一下该穿什么衣服,以此来消磨直到她自己出行前的这段时间。但这两件事情正好花费了半个上午。她没兴趣准备午餐,于是她走下楼,走进了小公园,坐在一张长椅上,抬起脸,接受太阳的暴晒。她四周一个人也没有。看来这里是工作的好地方。过了一会儿,她拿出一本书。但阳光太刺眼了,让她神志迷糊,她发觉自己把一页书读了两遍。最终她把书收了起来。她在想保罗和弗朗切斯卡[1]的故事是否可以用到她关于浪漫主义传统的论文中去,而且想起了以前读到过的但丁描述他们致命之吻的诗句的美妙译文:"那一天他们没再读

---

[1] 《神曲》中的一对情侣。

书。"她想象一本小册子静静地坠落到地上，尖袖口里的一只手向外伸出。但丁把保罗和弗朗切斯卡放在了淫荡者的那一圈里，而且确实那个吻迅速地导致了谋杀，但那个故事对凯蒂很有吸引力。亲吻打断了阅读，然后死亡接踵而至，在凯蒂看来这是完全自然的进展。

两个手拉手的老女人走进了她的视野。从她们的外表，可以看出她们是运气欠佳的中产阶级妇女。她们穿着带风帽的厚夹克，戴着头巾——这套装束适于遛狗——但蹬着破旧的鞋子。她们坐在近旁的长椅上，其中一个大声地催促另一个把外套脱了。"我不知道。"那个稍稍显得更老些的说道，一边紧张地摇头，摸索着她的包。"噢，看在上帝的分儿上，母亲。"另一个喊道（她的女儿，凯蒂恐惧地想道），"你快拿定主意啊。要不你想坐到那边树荫底下去？是啊，那样可能好些。那边。"接着是低声的犹豫。"噢，快点，母亲，花点力气。这儿，我来拿包。"凯蒂注意到，那个女儿露着光腿却穿着短袜。她们无限缓慢地移动着，又在十几码开外的地方重新落座。她们的新地点看来又冒出了新的问题，五分钟之后，她们又回来了。讨论又一次爆发了，这次是单边的，而且声音很大，论题是那个母亲是否该脱掉外套。而当那个母亲脱掉外套的时候，显然她是为了取悦自己的女儿，因为她不可能用另外的方式让女儿高兴了，她也从来没能让女儿高兴过。而那个女儿自己，有着一张衰老而怨愤的脸，也不可能给别人什么快乐，凯蒂想道。而且两人都意识到了这一点，间或她们会做一些徒劳的和解姿态。正如这样的外出，其实两人都不喜欢。那个女儿怒气冲冲、坐立不安，让凯蒂感到惊恐。于是当她们断定阳光过热、公园的遮挡太少、不能再坐下去的时候，凯蒂觉得很高兴，而且一点也不吃惊。外套重新穿上了，拐杖也重新抓住了。女儿粗手粗脚地把头巾给母亲系上。"行了？"她大叫道，"那赶紧走吧。别在这里磨蹭了。"从她们的背影看，她们相挽的胳膊、她们缓慢的脚步、她们低垂的头，表明了她们的接近——一种必要而致命的勾结。但她们的离去，留下了一条怨愤的尾波，也给明媚的白天留下了一个黑色的污点。

在凯蒂的心目中，刚刚发生的这一切，使远在天边的莫里斯获得了一种超人似的、几乎是超验的重要性。他的才华和他轻松的举止，他看上去强健的身体，他所作出的高尚决定，他去过的地方，他有力的选择，他坚定的决心，都使他看上去像一个不受锁链束缚的人，一个神话里的英雄，一个救赎者。因为莫里斯将会救赎的那个女人，会永远摆脱那个严厉的女儿所处的命运。那个女儿裸露的白腿，那也许是为了洪荒时期的远足或漫步而设计的乏味的鞋子，都一直停留在凯蒂的脑海里。莫里斯选择的女人，会避免那些无人认领的女人可能遭受的羞辱。她会有辉煌的生活，会抚养好几个儿子。啊！凯蒂痛苦地想，白色婚礼，鲜花。怎么才能是我呢？怎么可能是我呢？

她很少这么想，但只要想起这些念头，它们的力量就让她恐惧。她看见，当一切物理上的方位被隐去之后，自己的生活是一个不可阻挡地朝着更深的孤独推进的过程。她的过去所留下的遗产，那个产生了她本人的非常平凡的嫁接，已经消逝了，没有留下什么痕迹。更多的死亡将会来到。老教堂街的安静，会像漫长的冬天一样延绵下去。这寂静只被卡罗琳收音机的声音所打破，但她能指望卡罗琳吗？还有那浪漫主义传统，它会变得越来越长，越来越精雕细琢，也会不得不充满她的日子。我无法忍受这样下去，她想。我必须把一切都改正过来，因为我不会爱上别人了。在法兰西的那些大教堂留下的空隙里，一定有我的位置。而且这一切必须很快发生。她睁开眼睛，看着洒满阳光、空无一人的花园，听着泰晤士河堤岸上隆隆的车辆。Je joue le tout pour le tout[1]，她想。

她的另一个自我，那个来自她外祖母的明智而敏锐的自我，争辩说她去巴黎的决定是一着好棋，那儿会让她增色，她会轻松自在，几乎如鱼得水。两人的接近，精神上的放松，共享的餐饮和对话，会加固他们之间没有改变也无法改变的友谊。或许还更有甚者。因为她不清楚莫里斯是怎

---

[1] 法语：我要孤注一掷。

么想的，事实上她从来也不知道。他对他们之间的亲昵关系所持的轻松态度，曾经因为它的新奇而让她非常激动，因为这种态度是如此的不同于让－克劳德对她粗鲁而吵吵嚷嚷的关注。让－克劳德是露易丝的一个侄孙，也是凯蒂仅有的另一个情人。执拗、健壮的让－克劳德，是她早先访问法兰西时为了教育的目的而结成的旅伴，也是露易丝所选定的凯蒂未来丈夫的合适人选。那时的让－克劳德是个学生，在他的便宜旅馆里，衬衣扔到了床尾，卷曲在油纸里的吃剩的香肠片，遗弃在窗前摇摆不稳的桌上。她徒劳地诱使他晚上出去散步、星期天出去远足，因为她像自己母亲一样感情丰富、敏感细腻。他会不相信地看着她，会在很多的牢骚和抱怨之后，才仅仅同意去咖啡馆坐上半个小时，他在那儿喝着咖啡，而同时她在观望着人群。他虚荣、瘦削、脾气暴躁、精力过人，而且他好管闲事。他准备做一个出色的律师。每次她外出，他都会表露自己的嫉妒，因为他觉得那是男人的本色；在她回来的时候（因为她没法不回到那个旅馆房间去），他对待她的态度，就好像她干了什么对他不忠的事。有一段时间，她觉得他野性的能量是世界上最令人激动的品质。现在回过头来看，这种能量，由于莫里斯微妙而无法接近的神秘，由于他的沉默、他的笑容而贬值了。那种笑容是莫里斯每次来访之后留下的、她像古董一样保存着的残留印象。

在她上一次访问巴黎、见过让－克劳德之后，露易丝评估了当时的局面，放弃了自己先前为凯蒂制订的规划。有什么样的母亲，就有什么样的女儿，她想道。这次会是个英国人。她怀着回忆的伤感，以超然的态度观察着凯蒂那沉溺于梦想的天性、她自愿的刻苦、她孝顺的来访，甚至她那反复无常的胃口——所有这一切，都显示了一种玛丽-特蕾斯曾经完美地拥有过的特质。"这次会是个英国人。"她对瓦金说。"但是还没有！"他惊慌地回答。露易丝耸了耸肩。"她二十四岁了。可是没关系。在这个国家，男人成熟得晚。"她对凯蒂也这么说，凯蒂没有任何理由不相信她。

但从那以后又过去了五年。什么也没有发生，约翰·莫勒的化身没有出现并且来领取他的新娘，凯蒂和她的外祖母都感到了无言的惊慌。露易丝一直观察着，遮掩着她的失望。甚至当这种失望硬化成了轻蔑，她仍旧在观察着。她为凯蒂设计服装，催促她多吃，吃得胖些，因为凯蒂还是那么纤弱，那么像个处女，正如她母亲从前那样。凯蒂感到了她外祖父母的监督所带来的负担，她知道尽管瓦金仍然喜欢她在家，露易丝巴不得要把她嫁走，这样她才能死得安宁。因为只要凯蒂像女儿的遗物那样还留在身边，露易丝就必须活在世上保护她。

在洒满阳光、用石头铺就的小花园里，凯蒂突然感到自己需要保护。她站起身来，转向回家的方向。她会把书带回公寓，然后去看外祖父母，和他们一起喝茶。在公寓里——

在室外的明亮之后突然陷入的黑暗中——她发现有莫里斯的一张明信片,欧坦大教堂西门的弧形顶饰上围着光轮的基督雕像。她飞快地翻过明信片。"到目前为止,非常迷人。听了一些绝妙的歌咏。A bientôt[1]。"他细小而工整的手迹像强大的冲击波一样震撼了她。我多么想他,她想道,当我知道他的身体在我无法企及的地方。没有他我多么烦闷。但我马上就能见到他了。A bientôt.

她对莫里斯的通常反应,开始是由于担心和渴望而加剧的战栗,紧接着是强烈的兴奋。明信片在握,她在窗口等着自己的心跳慢慢平复。这时她看见了卡罗琳,穿着黄色衣裙,往她估计是哈罗兹的方向走去。她突然有一种愿望,她想走到人群中,想驱散她强烈的感受,想分享她金色的前景。这种愿望把她驱使到电话机前。她拨了外祖父母的号码。"爸爸,"她说,"准备好。我们出去。我会乘出租车来接你们,我们出去兜风。"在她的宣告之后,是一阵强烈的安静。"爸爸,"凯蒂催促着,"没必要穿什么好衣服。我们只是想利用这样的好天气,你们累了就回来。是啊,我知道她不出门。可她不需要走路。你想想对她会有多少好处。"她很坚决,她找不到任何理由劝说自己不应该这么坚决。

快到外祖父母家的时候,她在出租车里看见他们在门口

---

[1] 法语:不久再见。

台阶上等她,他们的脸因为焦急而显得严肃。瓦金难得地系了领带,用力而精确地打了领结。露易丝在脸上俭省地擦了些粉,换上了漂亮但却过时的黑绸大衣,穿上了让她脚痛的黑鞋子。她站着,粗重而吃力地呼吸着,她的手挽着瓦金的胳膊。瓦金的棕色眼睛朝两边张望着,显得急切而又紧张。他既担心着露易丝,又想要看看店铺、街道和人群。他被这两种念头撕扯着,最终,他毫无怨言地放弃了自己极其渴望的人群。"露易丝妈妈,"凯蒂说着,一边拥抱了她,"别做出那副样子,我们只是开着车逛逛。你不能整天觉着无聊,坐在那儿抽烟。我们会照顾你的。"露易丝脸上露出隐隐的笑意。凯蒂抓住她的另一只手,握住它,吻它。露易丝又笑了笑。"Vilaine[1]."她低声说道。然后他们上了出租车。

他们缓慢地驶过午后的近郊那些明亮而空旷的街道。他们没有说话。露易丝手里抓着手绢,笔直地坐在瓦金和凯蒂之间,坐得非常笔直。瓦金和凯蒂时不时偷眼看她。过了一会儿,两人交换了一个祝贺的眼神。露易丝的呼吸平稳了,她渐渐地放松了下来。她看见了很多公共汽车,人们耐心排起的很多短队,离开学校的孩子们,很多街角小店,一个遗弃的操场,然后是泰晤士河,宽阔、肮脏,接着城市展

---

[1] 法语:坏蛋。

现在他们前面。"你们想去哪儿？"凯蒂问，"你们想去肯坞公园吗？还是去圣詹姆斯公园？我们可以在那里喝茶。"露易丝吸了一口长气，看看瓦金，又看看凯蒂，用手绢拍了拍嘴——手绢有紫罗兰的香味，是她一直用的香水——叹了一口气说："格罗夫纳街。"

在公园巷呼啸而过的车流中，露易丝紧紧抓住他们的手，然后她坐直了一些，开始目不转睛地朝窗外看去。瓦金的脸因为微笑而皱起，他夸张地给凯蒂做了个胜利的手势。露易丝终于放松了，她点了一支香烟，重新拿出往常那种咄咄逼人的派头，准备检阅格罗夫纳街今年春天可以呈献给她的东西。他们以前开服装店的那所房子的砖面外墙还是原样，但街上停满了汽车，满街都是拎着手提包的男人，很少见到打扮优雅的女人。他们看见一个年轻姑娘从那所房子里走出来。这次外出的成功，因此就得到了保证。"牛仔裤！"露易丝数落道，"Tu vois[1]，瓦金？我们年轻的时候可从来没这种东西。套头衫还系在了腰上！就像是个工匠！""我的学生都这样穿。"凯蒂说。"Mais c'etait une demoiselle[2]."露易丝反驳道。"Mais c'est la degringolade, quoi[3]？"她骄傲地重新坐直，她的愤慨给了她新的生命。瓦金拍拍她肿胀的

---

[1] 法语：你看见了吗。
[2] 法语：可她是个姑娘。
[3] 法语：可这是堕落，懂吗？

手。"Ma Louisette[1]，我们那时候可完全不同。是本质上的不同。你是最后一个好姑娘。也是最好的一个。"

他们拒绝下车去喝茶，看上去就像和闷热的出租车——车上所有的窗户都得关上——结了婚一样。"还有那些外国人！"露易丝气愤地说。凯蒂笑了。"他们是游客。"她向她保证道。"你们现在要去哪儿？天色晚了。我们可不想堵在路上。"瓦金和露易丝交换了一个眼神。他们转向凯蒂，目光里含着恳求。"佩尔西街。"他们异口同声地说。

公园巷的热狗和冰激凌的摊子让他们惊叹，他们想起地下停车场就浑身打颤，路上车辆的混乱状况让他们皱眉，牛津街上像梦游人一样的购物者把他们吓得缩起身子。他们不理解，为什么各种各样的摇滚乐可以在所有的门口同时轰响。"La degringolade[2]。"露易丝重复道。在索霍，瓦金狂喜地眯缝起眼睛，想象着那时的气味，想象着年轻时的自己沿着人行道蹦蹦跳跳。佩尔西街的那所房子还和原来一样，凯蒂叫出租车停下。突然一切都安静了下来，阳光也暗淡了下去，呈现出一种安详而忧郁的灰色。"你们想在这儿走走吗？"她问道。他们没有回答。他们的手紧紧地缠绕在一起。"Tu te souviens, ma Louise?[3]"瓦金低声说。"全都

---

[1] 法语：我的露易丝。
[2] 法语：堕落。
[3] 法语：你记得吗？我的露易丝。

记得。"露易丝说。凯蒂从来没听见露易丝用过这样的腔调。"我全都记得。"

凯蒂把他们留在了出租车里。她五分钟后回来了，手里拿着装在纸盒里的蛋糕、半磅蘑菇、一些黄色的郁金香。她对他们、对他们奇特的开端、对他们更加奇特的背井离乡，从来没像今天这样感到接近。红红的太阳已经低垂在天边，表明一天将要结束了。这一天，她本来以为会忙于自己的生活。莫里斯的明信片就在她手袋里。但她并不在想它。产生了欧坦的吉斯勒贝尔图斯——大教堂西门的弧形顶饰的雕刻家——的那种文化，和产生了她外祖母的那种文化，是不可能有关联的，然而这两种文化却是同一种。凯蒂想要调和很多东西：莫里斯的法国、她外祖母的法国、浪漫主义传统里的法国、令她非常渴望的下两个星期里——这两星期将会决定她自己的命运——的法国。对于调和的需求，让凯蒂感到眩晕。她累了，她想道。她渴望回家，坐在自己安静的街道旁，考虑她自己的事。因为她感到自己处于边缘状态，感到自己的人格正在往事的强溶液里溶解，感到她自己的需求无关紧要。

她回到出租车里，看见他们的手仍旧十指交错地紧握着，她外祖母看上去很平静。在回去的路上他们没有什么话，今天下午他们所经受的激情，显然让他们精疲力竭了。但这是必要的锻炼，凯蒂想。这是一种对抗电视连续剧、对抗时装杂志、对抗门房戴的三角披肩的东西。这里的一切证明了他们曾经年轻过，他们曾经充满了活力和自信；也证明了他们一旦离开，衰败就开始了。"谢谢你，我亲爱的心肝，"她外祖母说，"谢谢你给了我们一个美丽的下午。"美丽，美丽，她外祖母说。

但在人行道上他们看上去很老，他们有些摇晃地站着，很高兴回到了家。他们街道的安静，以前被他们所诟病，现在则受到他们的赞赏。而且玛丽-特蕾斯的幽灵，也要求他们回去。凯蒂扶着他们慢慢走进屋内，脱下露易丝的外套，服侍他们坐下。有很长一会儿，他们坐在变暗的房间里没有说话，心里充满了太多的回忆而懒得为现在操心。"你们要打开电视机吗？"凯蒂问。她怀着爱和怜悯看着四周，看着仿制的路易十五风格的灰色桌椅——那是露易丝给她服装店配的家具，现在以法国式样抵着墙一字排开。她看见天花板上低瓦数的顶灯那半透明的灯罩，看见窗户上积满灰尘的薄纱网。她知道，在黑暗的卧室里，无论冬夏，灰色的毛皮小毯都放在床上。"瓦金，"她外祖母说，"让我们喝一杯你酿的酒。"因为瓦金在一个玻璃罐子里酿制了一种奇怪的、极其浓烈的洋李白兰地。那个玻璃罐就竖在厨房的一角，它时不时就会爆炸，让整个一层的所有房间都充满刺鼻的气味——这气味一直没有完全散去。瓦金说这酒是极好的提神剂，但他很少能说服她们去喝。

在昏暗的顶灯下，他们分坐在椭圆形桌子的旁边。蛋糕已经从盒子里取了出来，分成了小份，他们正用勺子吃着。他们用小酒杯喝着那种黏稠的酒。老年人的脸在灯光下显得很憔悴。他们神情沮丧、冷淡，因为他们有很多事情要想。凯蒂知道，她一走他们就会上床。而现在她自己也很累了，渴望洗个澡，爬上自己的床，在床上一遍遍地读莫里斯的明信片。她清了清嗓子。"你们知道的，我下星期要去巴黎，"她说，"我不知道什么时候回来。但我每天都会打电话，就像平常一样。"露易丝叹了口气说："旅行的时候穿灰色调的衣服。灰色在巴黎总是正确的。"她看上去无精打采、漠不关心。当凯蒂从餐桌边起身离开的时候，露易丝打起了一点精神，甚至变得有些粗暴。她审视着凯蒂。这姑娘看上去一点不比五年前显老。但露易丝知道，现在不会再有让－克劳德出现了，她感觉到或许有别的什么人。她没说过什么。但露易丝认得出那些迹象：那种想取悦的愿望，那出神的目光，那不由自主的浅笑。还有那种戒备，那种控制。那种决不虚度光阴的决心。而且，有些晚上，她很早就打来电话，就好像她想把打电话的事先处理完，免得碍事。露易丝觉察到了她外孙女心里的爱，尽管对她来说，这爱没有对象。从来没提起过什么名字，也没向她吐露过什么秘密。露易丝回想起自己轻松的求爱期，她女儿快速的婚姻。她担心这次会不一样了。但她还是举起了酒杯。疲乏让她在不舒服的椅子里陷得很低，她使出了最后一点力气。"干杯，ma fille[1]."她说。"干杯。Que tous vos rêves se réalisent[2]."瓦金和凯蒂也举起杯子。"Que tous nos rêves se réalisent[3]."他们低声说。然后凯蒂吻了他们，离开了。

---

[1] 法语：我的女儿。
[2] 法语：祝你所有梦想都实现。
[3] 法语：祝我们所有梦想都实现。

第九章

凯蒂为这次出游准备的衣服都是灰色调的。她这样做，与其说是出于什么别的动机，毋宁说是为了取悦她的外祖母。她觉得，如果自己在这件小事上服从她，那么由于某种她不清楚的原因，露易丝就会安然无恙。诸如此类不合情理的小迷信，一辈子都统治着她。

实际上她穿什么都无关紧要，因为她独自出行，而且对她的同路人都不感兴趣。她看得出来，她的同路人全都行动艰难、衣着马虎，而且比她要年轻得多。显然，某种大规模的行动正在进展之中：某个学校或者社团正在整体搬迁过英吉利海峡，去度一个长假。这个长假的性质也许难以界定，但肯定是具有教育意义的那种。高大的姑娘们——长得比凯蒂还高——背着形状不定的行李卷，身穿防水夹克，脚蹬网球鞋。要是在她们那条与众不同的路径上，碰到了挡路的行李卷，她们往往会像运动员那样去踢上几脚。好像没有人带队。她们非常自信，上车的时候互相大喊大叫，把行李在各包厢之间挪进挪出，一屁股把自己摔在座位上，没一会儿又跳了起来，去找自己的朋友，或者从车窗口对后到的人大声喊着加油。她们都很健美，头发好像很多天都没梳理过了。响起了一阵大笑，这表明她们中的一员姗姗来迟了。凯蒂从书本上抬起了目光。车窗突然都变暗了，穿套头衫和长裤的很多身体都转到车厢的一侧，发出了一阵欢呼。月台上，一个弯着腰的红脸姑娘咧嘴笑着，她的背上绑着高耸的行李卷。当她挤进车门的时候，响起了一片掌声。凯蒂重新埋下头读书。等到下车的时候，还得再来这么一出呢，她想道。

但凯蒂努力让自己放松下来，因为她想起了临走时卡罗琳的忠告。凯蒂在原定出发时刻的一小时前就穿戴就绪，开始等待出租车了。她经不住诱惑，按响了卡罗琳的门铃，去问她自己的样子是否还行。

"挺好的。"卡罗琳兴致低落地说，"不过，我不知道……你不觉得需要一点色彩吗？你到那儿的时候，要把自己打扮得尽可能漂亮。你男朋友来接你吗？"

凯蒂脸红了。"我都不知道现在他在哪儿。"她坦白道，"他到巴黎后会给我打电话的。"

卡罗琳的样子很精明。"嗯，要是他没打电话，不要慌张。"她说，"还有，尽量不要显得太着急。记住，凯蒂，男人是猎手。"然后她整了整自己很鲜艳的绿色裙子的前胸，检查了自己的指甲。她成功地对凯蒂表明，她可以胜任地——甚至熟练地——处理凯蒂可能希望吐露给她的任何问题，而且她也有充裕的时间来接受咨询。但凯蒂觉得，自己已经接受的建议就足够她用很长时间了。于是，在卡罗琳两颊上简短地各吻一下之后，她回到自己的公寓去继续她无人打扰的等待。

不管怎么说，她非常努力地让自己放松下来，让自己显得和蔼亲切。当震耳欲聋的纸牌游戏开始的时候，她提醒自己说，她们一两年之后就会是大学生了，再说英吉利海峡会让她们安静下来的。而她自己则从不晕船。

但她不喜欢旅行，因为旅行总是更让她感到孤立，更让她觉得自己不属于任何一个明确划定的环境。她几乎嫉妒那些头发蓬乱的姑娘们，她们看上去很显著地彼此相像，很明显是根据某种初始模型铸造出来的。这模型是某个权威性的委员会设计的，而这个委员会知道模型该是什么样子。她感觉到——当列车加速时她总是有这样的感受——她正在丧失自己的身份感，她已经忘了自己长什么样，忘了她这是到哪儿去。但这次我很高兴，她提醒自己说。我不会独自一人的。至少不会很长时间独自一人。她短暂地高兴了起来。然后她从包里取出在车站拍的一条照片——在车站她不得不等了整整一个小时。一张灰色的、梳理整洁、不自然地神色戒备的脸，复制了四次，和她对视着。她叹了口气，把那条照片折了起来,又塞回到包里,然后朝窗外看去。

她的右胳膊被不很轻柔地碰了一下,她朝这个方向转过头去,看见一张讨人喜欢的红彤彤的脸。不知道为什么,这张脸给人的印象是,它像自己四周爆炸般生长着的毛发一样地蓬乱。这人就是刚才那个背着背包的姑娘,这背包现在挡在了过道和窗户之间的区域。

"对不起。"那个姑娘说,"你是法国人吗?"

凯蒂把通常的解释在心里预演了一遍,随后抛弃了这种选择。

"不是。"她说,"可我的法语还算流利。你有什么困难吗?"

"其实,我是想知道你要不要苹果。我临走的时候,我妈从她店里给我装了一大包苹果。这不,我都挪不动步子了。"

凯蒂接受了一个苹果,又问那个姑娘,她们都是去哪里。

"我们是去露营。顺便说一下,我叫安吉拉。我们是去拿波里。"

凯蒂吃惊地打量着她。

"在意大利你们可没法露营,"她说,"更别说拿波里了,肯定不行。你们这是自找麻烦。"

"你到底是什么意思啊?"其他姑娘们,本来在吃着苹果,玩着扑克或者查看着地图,现在都抬起头来,好奇地看着她。

"我觉得像你们这样年纪的姑娘们,没人陪伴……"

她们哄然大笑起来。

"我们并不像你说的那样，没人陪伴。男生们早就出发了。我们准备在亚眠和他们会合。再说了，还有帕斯寇先生呢。"

听到这个名字，她们全都笑得前俯后仰。"噢，别笑了，"坐在对面的一个很漂亮的姑娘呜咽着说，"真受不了。"

"帕斯寇先生是谁？"凯蒂问道。

"他和男生们在一起呢。"安吉拉解释道，"他挺帅的。克莱尔爱上他了。我们会只顾得上抢帕斯寇先生，可管不了那些意大利人。哎哟，可能都不会注意到他们。"她们又是一阵尖叫。

可怜的家伙，凯蒂想道。不过，我也不清楚。也许她对这种事司空见惯了吧。一直以来，她对行为规范这方面的事情没有把握，总是生怕自己得出错误的印象，或者更糟的是，生怕自己给人留下错误的印象。

"帕斯寇先生会在迪耶普和我们会合。"克莱尔满怀遐想地宣布，"一想到他会和我们在同一辆车上。"

"我得见识一下帕斯寇先生。"凯蒂说，"听上去他挺有意思的。"

"假如你见到一个高个子的英俊男人，而且克莱尔匍匐在他脚边，那就是帕斯寇先生了。"安吉拉说，"瞧，我们上船之前，我还得处理掉一些苹果。不但是行李的问题，我还想买点香烟啊酒什么的,我都没地方放了。"

"那你还是现在就处理吧。"凯蒂催促她,"我们马上就到纽黑文了。"她又接受了三个苹果,把它们塞在她细心装满的小提箱里。然后她站起身来,急着想避开大队人马的重新组织将会引起的混乱。她知道她们下火车登船的时候,必然会忙乱得不可开交。

"我们也许会在法国火车上碰面的。"安吉拉说,"在船上我们得和克莱尔待在一起,因为她会晕船。是不是啊,克莱尔?"

"我料想自己会晕船。"那个漂亮的姑娘说道,一边又拣起一个苹果,咬了一口。"可平常很快一阵子就过去了。"

不管怎么说,凯蒂想,我还是坐在别的地方更好些。

轮船平稳地渡过海峡。阳光温暖,微风和煦。凯蒂坐在甲板上,膝头放了本书,空阔的海景稍稍让她安宁了一些。姑娘们没了踪影,凯蒂希望她们正待在船舱里。甲板上的安静是大有益处的。她感到自己的脸上重新有了血色,而当零星的法语从交谊厅的窗口传来时,她的焦虑消失了。她再一次顺从地向蓝天仰起脸,力图从晴空里汲取额外的活力。时间,或者更确切地说,两岸间脱离于时间之外的这一片段,轻松而迅速地过去了。她不愿意挪动自己的位置,于是把安吉拉的两个苹果当成了午餐。

航行的最后几分钟,一个眼睛闪亮、高大端庄的法国女人坐到了她的旁边。她点头打了个招呼。那个法国女人对她说:"我只旅行了五个小时,就已经没以前那么清醒了。"然后,当法兰西的海岸变得清晰可辨,那女人站起身,脱下外套,深深地呼吸起来,就好像在吸某种让人恢复健康的吸入剂。她热诚地宣布:"Enfin, Rien ne vaut la France[1]."

凯蒂在这个当口完全同意她的说法。那更加宽阔的海岸,更加宽阔的天空,看上去好像在允诺她更新自己的力量和自信。她意识到,在过去的几个星期里,她的自信被持续不断地侵蚀了。她觉得应该演奏马赛曲,并且希望有人来组织演奏。她抓起手袋,走到步桥跟前,发现那些姑娘们就排在她的前面。比起先前在自家的地盘上,现在她们的脸更红了,也更安静了些,尽管身材高大,她们看上去更像孩子了。她们悲剧性的行李,也比以前更加杂乱,在她和码头区之间堆成一座座小山。

"嗨,"凯蒂对那个给她苹果的女孩说,"你们都好吧?你朋友晕船了吗?"

安吉拉有点吃力地把注意力集中到她身上。凯蒂发现她稍稍有些疲乏。"噢,嗨,"她含糊地说,"克莱尔吗?她挺好的。我们在酒吧里遇到了一些人,玩得挺开心的。"她已经脱掉了防水夹克和套头衫,露出一件稍有些肮脏的T恤,

---

[1] 法语:归根到底,哪里也比不上法兰西。

在她令人恐惧的双乳之间，安顿着基钦纳勋爵[1]的脸和指着的手指。"你会说法语吗？你能帮我们找个搬运工吗？我们该怎么做？只要喊 Garçon[2] ？"

"绝对不行。"凯蒂吃了一惊，说道，"你叫他们 Monsieur[3]。不管怎么说，我很怀疑这里会有搬运工。你们只好尽量自己搬了。"哀叹自己变得不清醒的那个法国女人，正观察着她们，她毫不掩饰自己的惊愕。"可是她们喝醉了。"她对凯蒂嘶嘶地低声说道。"Mais ce n'est pas permis. Elles ne savent pas se comporter dans le monde[4]。"凯蒂稍稍变得有点僵硬。"她们非常年轻，太太。"她用英语回答道。那个女人狐疑地看着她，然后转过身去，脸上显出愠怒的表情。"Tout de meme[5]。"她低声说。"蠢牛。"克莱尔评论道。她的这句话，暴露出自己在这群人中领头人的地位。当凯蒂和姑娘们把她们的行李挪下步桥，又挪上站台，最后挪进等待着的火车时，嘘声和尖声的大笑又重新响起。姑娘们的队列会时不时地溃散。在某个时刻，克莱尔和安吉拉跌倒在站台上，孤立无援地互相扶着对方，直到在凯蒂的催促下，跌跌撞撞地走完剩余的路程。她们原先的行李现在又添上了很多手提包，里面装满

---

[1] Lord Kitchener，著名歌手。
[2] 法语：男孩；饭店的男侍者。
[3] 法语：先生。
[4] 法语：可这是不允许的。她们不知道行为举止的规范。
[5] 法语：这没什么区别。

了瓶子和整条整条的香烟。而凯蒂本人还像先前那么无可责备地整洁。

刚进车厢，姑娘们就无一例外地立刻睡着了，因此没有看见一个高个子的、衬衫领口敞开着的、面带嘲讽表情的人，从走廊朝里张望。凯蒂把门稍稍拉开，探询地看着他。她觉得自己对姑娘们负有责任。"帕斯寇？"他含着怨怒轻声问道："她们都在这儿吗？"她点了点头。他也点了点头，关上门，消失不见了。五分钟之后，他又重新出现了。他打开门说道："在另一头有一节自助餐车。我觉得我们俩都需要一杯咖啡。她们在到达巴黎之前是不会醒的。"他又补充了一句，"到那时候，只有上帝帮我了。"

"为什么上帝该帮你？"凯蒂问。他们俩挤过金属小圆桌，落了座。"她们看上去很不错的。"

"因为我们会在北站附近的旅馆过夜。"他甚至变得更加恼怒了。"她们整夜都会试着逃跑，溜出去观光——用她们自己的话来说。你可以想象，在北站附近有多少光可以观。她们会想去夜总会，想要香槟，她们会去吃所有不该吃的东西。再想想我本来的计划，我本来还以为有机会去多罗迈特山[1]走走呢。"他戏剧性地叹了口气。

凯蒂断定，他的头是拜伦式的，而且这个事实他本人也

---

[1] Dolomites，在意大利。

清楚，因为他一直把头转向一边，以四分之三的剪影示人。他异常的英俊，她能理解为什么克莱尔会爱上他。尽管如此，她估计克莱尔的机会不是很高。看上去帕斯寇先生连应付他自己都忙不过来呢。

"你看上去不像个中学老师。"她斗胆评论说。

"我的腿坏了。"这是他晦涩的回答。这肯定不是真的，凯蒂想。那种事，你在关于第一次世界大战的小说里才能读到。面对这个欺骗她的证据，她稍稍有些脸红。

"那在多罗迈特山你还能走吗？"她问。

"一点也没问题。"他断然地回答道，"要是我不锻炼的话，我的腿会变得很僵硬。而这个假期，我所有能得到的锻炼，就是看着帐篷支起来又拆卸掉。"他摇了摇英俊的头，看上去真切地感到厌恶，凯蒂有点同情他了。毕竟，那些姑娘们今天是那么强悍，而她认识她们还不到一天。况且还要算上那些小伙子们。

"你干这个工作时间长吗？"

"只干了两个学期。"他回答说，"在这之前，我除了帮父亲干点农活，什么也没怎么干过。然后我碰上了撞车事故。因为这场事故，我受了很多奇奇怪怪的挫折。那个医院里的老兄是这所学校校长的朋友，他们需要一个临时的代课老师，所以我勉强被他们说动了。这段时间我就像在地狱里一样。"他简单地补充道，"我年底就不干了。到那时候就轻松了。"

这么说,他的腿真的坏了,凯蒂羞愧地想道。而那个医院的老兄明显是个医生。或许帕斯寇先生真的碰到过什么倒霉的事。

"我也是个老师。"她说,"我很喜欢教书。"

他好像没听见她说的话。"小孩子们还不算太坏。"他说,"事实上,我和他们相处得挺好,我和所谓的成年人相处得反而没这么好。"

我亲爱的,凯蒂想,你可能会一直这样下去。自从我们坐下之后,你都没有看过我一眼。这真是可惜,因为你看上去人挺不错的,而且很有趣,而且你长得非同寻常地英俊,我觉得我可能会开始喜欢你的陪伴了。要是你不是这么不可思议地专注于自我,该有多好。一个浪漫主义主人公,她判定。顺带着还有一条跛腿。

这些话她都没有说出口,但她看着他怒气冲冲的英俊的脸,看着他正把一块方糖包起来又拆开来的长长的手指。当她正研究他的时候——他真的非常引人注目——他抬起眼睛,挑剔地盯视起她来,这让她有些吃惊。他们俩都感到了某种轻微的震撼,都继续地看着对方,血色在两人的脸颊上升了起来,最终,帕斯寇先生迟疑地掉转目光,重新专心地包起他的那块方糖来。

过了一会儿,他清了清嗓子。"你能不能帮我一个忙,今天晚上和我一起吃晚饭？"他大大咧咧地说。

凯蒂笑了笑。"和姑娘们一起吗？"

"等姑娘们上了床。"他回答说，"在那之后，我真的没法对她们负责了。毕竟，我没办法把她们锁起来。我也不能守在她们房间外面，等着抓她们。"

"我在想为什么他们不派一个女老师。"凯蒂说。

"他们派了，可是她突然被叫回家去了。她母亲摔了一跤，大腿骨折了。听上去像是要花很长的时间。"

"打起精神来。"凯蒂说。她通常并不说这样的话。"至少天气很好。你不会过得太惨的。我不介意今晚帮你照顾这些姑娘，假如这样做对你有帮助的话。我们两个可以把她们带出去。"她觉得这是个可以接受的建议，但是看不出他有满意的表情。"她们可能会喜欢的，"她继续说，"那是个供应自助餐的地方，在黎佛利街上。她们可以吃炸鸡和薯片。我敢说她们吃完之后会很累。我们可以带她们乘地铁回来，然后你就可以放松了。你的腿不好。"她加了一句。

他沉思着。凯蒂看得出来，他太骄傲了，因此不屑于说服她。他太习惯于在女人方面得手了，因此不能承认她扭曲了他原来计划的目标。这多可惜啊，她又想道。我本来也许会喜欢和他共进晚餐的。这样就可以消磨掉今天晚上了。可要是莫里斯已经到了，要是在旅馆已经有电话留言在等着我了呢？我一到巴黎就立刻赶到旅馆。然后，要是没有留言，我可以安排和他们一起在黎佛利街会面。但我必须立刻赶回旅馆，万一莫里斯打电话来呢。

她从自己的盘算中抬起目光，发现他又在盯着她看。她又一次微微脸红了。

"你在巴黎和谁会面吗？"他问。

"可以这么说。"她说。她不想进一步冒犯他的骄傲。"事实上，是个同事。"她非常迟疑地继续说着，因为他的脸阴沉了下来。"我们计划一起去看一些大教堂。"

"男同事？"他问。

凯蒂想到莫里斯独自一人驾车穿行法国，没和她在一起，感到有一丝伤心。我本来可以一直和他在一起的，她想。

"是的，噢，是的。"她急忙地说道，因为她感到某种凄凉的情绪正在滋生出来。

"你非常漂亮。"他说。他看上去对自己很恼火，因为他很不情愿地承认了这么多。显然他从婴儿时期开始就很英俊，早已经习惯于认定自己外表和容貌的优秀。

凯蒂笑了笑。"谢谢你。"她低声说。然后，她转过头朝窗外望去，惊呼道："可我们差不多已经到了！我从来不知道旅行可以这么快！"

他沉重地叹了口气。对他来说，这次旅行不可能很好玩，她想道。"帕斯寇先生，"她说，"你愿意我今天晚上帮你照顾学生吗？我只是想先去看看我朋友是不是在旅馆留言了。"

他把脸转向窗户,在那样的位置停留了片刻,展览他的侧影。

"你真让人感动。"他终于说道,"七点半会太早吗?我想她们需要洗漱什么的。而且我最好把房间先安排好。"

她又笑了笑。"那就七点半在黎佛利街。我想我们最好回到她们那儿去。"

他们艰难地在车厢里磕磕绊绊地走着,因为过道里已经挤满了人和行李。在包厢里,姑娘们正在醒来,打着哈欠,头发散乱。她们显得比先前更年轻也更肮脏,但凯蒂注意到,因为年轻,她们恢复得也更快。

"我们会一起吃晚饭。"凯蒂告诉她们。这时候帕斯寇先生在她身后出现了,克莱尔的脸上显出震惊的神色。"我会在检票口和你们会面。"帕斯寇先生说,"等每个人都下了车再搬行李。而且要尽量的快。"

"我要和你们说再见了。"凯蒂告诉她们,一边抓起她的小提箱。"但我会再见到你们的。我只是想知道我旅馆里有没有人留言。你没事吧?你没觉得恶心吧,克莱尔?"

"我完全没事,谢谢你。"克莱尔用一种盛气凌人的语调回答。一两年之后,她会是个难以对付的女人,凯蒂想道。她把注意力转向寻找出租车的问题,因为现在她一心想知道旅馆里有什么在等着她,她几乎忘记了姑娘们的存在。

出租车在黄昏的车流里时快时慢地行驶着,坐在车上,她又陷入了白日梦。要是莫里斯确实已经到了呢?她不知道为什么很确定他已经到了,而且她很快就会见到他,而且他们会一起度过整整两个星期,而且生活会因此而无可挽回地改变。她没有留意美丽的夜景,因为她的注视转向了内心。她抬起头一动不动,把车两旁闪过的高楼当成障眼物,把与她思绪无关的世界关在了外面。她让自己投身于期待,因为她估计自己将来必须很善于期待。巴黎在她的熟视无睹中沸腾地闪过,她试着回想自己有没有给莫里斯留下电话号码。她告诉过他旅馆的名字和方位。噢,这真是可笑,她对自己说。他也许已经打了电话,留了言,告诉了我到哪儿去找他。

可是没人给她留言。她慢吞吞地走上楼,打开房门。她走到窗前,就好像她有可能看见他走来似的。然后她在床上坐了几分钟。最终,她叹了一口气,站起身来,开始打开自己的行李;她洗了脸,刷了刷头发,然后,在没法继续拖延下去的时候,她走下了楼,出门走进了变冷的夜晚,朝黎佛利路而去,去吃炸鸡和薯片,和帕斯寇先生以及姑娘们一起。

第十章

凯蒂这次所住的那种旅馆,尽管她觉得与自己的财力相称,里面的房间却既不够暖和,也不够亮堂。在白天她能忘掉这些非常琐碎的烦恼,因为有很多地方可以参观,有很多事情可做,而且她一直有很多对自己的研究有用的念头。但到了晚上她不想回去。她的心里滋生了一种畏惧,她害怕怀着那么多要说的话、那么多可以表达的想法,一个人面对书本独坐。这种畏惧,比她在老教堂街所感受到的愁闷还要深重。她有满腔的言辞,却没人可以倾诉。她通常在街角的一个小餐馆吃晚饭。晚饭之后,她开始感到一种她并不完全理解的悲哀。她卧室家具的颜色,都是各种深浅的疲惫的暗红色。她本该坐在卧室的一张小桌前,在昏暗的灯光下,努力地准备她的演讲稿。她觉得这工作白天干起来很轻松,晚上却干不成。她一想起自己夜晚的任务,就会联想到孤独、流放。流放,她想道,我以前也这么想过。但她不记得具体的前因后果了。

她通常九点就上床了。她在甚至更加昏暗的灯光下试着读书，以此来强迫自己忘掉莫里斯没来电话也没留言的事实。她订了一个星期的旅馆。每天早上，她对自己的外表都下了很大的工夫，以防他没有预先告知就突然出现。每天早上，她都告诉旅馆前台的女人，自己什么时候会回来，然后去外面消磨一整天的时间，读书、走路。"我在等一个留言。"她说。到现在他们全都知道她在等留言，她晚上回来的时候，他们都同情地摇头。她知道这种羞辱不是被爱着的女人通常的命运，而且虽然她时常提醒自己，莫里斯从来都不做长远计划，他经常把日期记错，况且不管怎么说，他不知道——一定不知道——她这样急切地等着他的信号，但一种失望还是钻进了她的心里，她知道很难把这种失望从心里驱逐出去。

于是当他终于打来电话的时候，由于一直以来的失望，她已经几乎麻木了。她慢吞吞地回答着他。"我把你吵醒了吗？"他说，"我自己也累得够呛。""你在哪儿？"这是她唯一想知道的事情。"在沙特尔[1]外面一个迷人的小旅馆。"他说。他听上去一点也不累。"我刚刚吃了饭，一辈子没吃过这么好吃的。而且大教堂有泛光灯照明。简直太完美了。

---

[1] Chartres.

听着,凯蒂。我明天可以和你一起吃午饭。我想早上最后再看一眼。我一点钟左右会到你的旅馆来接你。你还有时间去做头发,我的爱。"

她蜷缩着靠在老式床的床头板上,想对形势作一番估计。他到巴黎会住在哪儿?关于这一点他什么也没说。他听上去很快活,几乎是欣喜若狂。而且他叫她"我的爱"。这肯定说明了什么吧?因为她知道,他不会欢迎来自她这方面的任何充满激情的表露,她一直以来都不得不削减自己对他的昵称,但这些昵称总是发自内心、无法压制的。她认为这样才对。言辞——连同那更为重要的、言辞所传达的信息——对她来说都非同小可,因此她要言辞在其他人心目中也占据同样的地位。不知为什么,她想起了她的学生米尔斯先生和他笨拙的翻译。你翻译得很准确,她曾经告诉他,但你和句子的含义却离得很远。这两者你都要兼顾。照你这样做,句子里原本就有的很多信息都流失了。你是在省略信息。他迷惑不解地看着她。他一直以来对自己的翻译都是完全满意的。

够了,她想道。我今晚得睡个好觉,明天气色要好,这才是重要的。我还要去做头发,尽管两天前才做过。准备演讲稿的事情可以推迟。我是在度假,她提醒自己。而且莫里斯明天就来。我终于要见到他了,我们还会聚在一起。我们会开车去圣德尼。尽管如此,她还是没有睡好。

第二天十点钟她就把一切都准备妥当,开始等待了。女服务员一次次地敲门,她才走出了房间,因为她本来甘愿在房间里等他到达。她漫无目的地在旅馆附近本来她不感兴趣的街上游荡,不愿意走得太远。她把自己的计划和希望都悬置了起来。上个星期阳光灿烂,而现在湿度很大,天空灰暗。这样的气候也很宜人,但它给四周的景物赋予了一种轻微的不真实感。她现在走在一个低清晰度的世界里。先前那些街道构成的锐角现在变得柔和了,模糊了,甚至声响也变得遥远了。尽管现在还是上午,她却觉得像是下午,就好像这气候带来了延长的午休时间。凯蒂·莫勒坐下来,喝了一杯咖啡,她的动作精确而又沉稳。从她的外表看不出什么紧张焦虑。她想要着手自己的研究工作。考虑到前一个星期她的厌倦情绪,这种想法显得很不合常情。她不得不承认,她在时间的调控上出了错。而且她不知道自己会待多长时间,或者她还剩多少时间。

她回到旅馆,换了鞋,又修整了自己的外表。干完了这些,她就坐在窗口等着。她听见十二点钟敲响,然后,比她预期的更早,她看见了莫里斯。他穿着蓝格子衬衫和鲜红的套头衫,抱着一摞书。他看上去就好像一上午都在图书馆,安静地干完工作后才从里面出来,但他事实上正朝她的旅馆走来。他看不见她,而正因为他看不见她,她奔下楼梯走到了街上,这样他们就能面对面地相遇了。

他在她的两颊上轻轻各吻了一下。他看上去气色很好，甚至晒黑了。"噢，快进来，跟我说说你去过的地方，我全都想知道。"她说。"让我先把书留在前台吧。"他说。"再找个地方吃点东西。我绝对饿坏了。"噢，我真是个傻瓜，凯蒂看着他棕色的长手，想道。我应该在这儿给他订一个房间。我怎么失魂落魄的？但他可能昨晚就打电话订了。可要是这样的话，为什么他不把书带到楼上去呢？"莫里斯，"她催促说，"你不想在这儿住吗？"她爱意绵绵地把自己的手按在他的手上。

"可我就在街角那边，我的爱。在弗兰克林·罗斯福旅馆。但我的房间没有浴缸。你这儿有浴缸吗？亲爱的，我晚些时候可以在你这儿洗澡吗？"这样的话，只能是爱在下午了，凯蒂想。Merde, alors[1].

我的爱，亲爱的，凯蒂想着莫里斯对她的昵称，看着莫里斯的牙齿在对付他面前一盘子的小萝卜。从这些昵称和莫里斯吃饭的样子，她所吸收的营养，远比她从自己的西红柿色拉所吸收的要多。她时不时心不在焉地吃几口自己的色拉，一边仔细地打量他低垂的睫毛、他浅棕色的皮肤、他细心的手。然后，她把两人的盘子互相交换，这样他就可以吃完她的西红柿色拉，她知道这正是他想做的。接着她去拿了

---

[1] 法语：该死。

更多的面包给他。她早先的失望已经从心头退隐,现在她可以专注于自己面前的莫里斯,被俘获的、嘴巴油光发亮的莫里斯。

过了一会儿,她说:"你把车放在哪儿了?"这个时候他正小心地从排骨上撕下肉来。"车在继续往前开,"他回答道,"我找了一个人,他替我把车开回家。你要吃你的土豆吗,凯蒂?"她把自己的盘子递给他。他活生生地就在她身边,这个事实让她如此迷乱,她自己苏醒过来的胃口也被他的胃口所囊括了。他在替他们两个人吃,而这正是她想要的。在这个时候,喂他,是她唯一想做的事情。因为他的享用,食物自身也得到了提升,她叉起他盘子里的一个土豆,因为比起在自己盘子里的时候,它看上去要诱人得多。邻桌一个独自吃饭的男人,对她的专注报以隐约的微笑。她捕捉住他的目光,也回报以微笑。在莫里斯垂下的头颅上方,他们严肃地互相对视着,彼此完全心照。你看,我爱他,她用目光说道。那个男人叹一口气,叫侍者拿来账单,又朝她举了举咖啡杯。是的,她想,好运。我终于有了好运。她回头转向莫里斯,她发现他正在对她微笑。"嗨,凯蒂,"他说,"我相信你在调皮。"

"对了,"他看着表继续说道,"我们怎么去圣德尼?我猜我们需要乘火车去。从北站开出的那种乏味的小火车。"

"噢,可是莫里斯,"她反对说,"我们不一定要今天去,对不对？你说过你要洗澡。"

"我们回来之后我可以洗澡。不，我们必须今天去，我的爱，因为我明天早上要飞回家。"

"可是莫里斯……"

"我知道，我知道。这是个烦人的事，可是我的教母要来住，我已经答应了我父母。所以你看，凯蒂，没有时间可以浪费了。"

在火车里他立刻趴在桌上睡着了，他的头枕在手臂上。当她转过头不去看他的时候，她把目光投向了窗外。透过一块肮脏模糊的车窗，可以看到布满了高层公寓、小工厂和复杂的高架电线的风景。隆隆作响的郊区火车里，坐满了肤色稍暗的男人们。他们戴着奇形怪状的帽子，看上去鬼鬼祟祟，却像要务在身似的。他们的所有行李都归置在纸板提箱里，紧夹在他们的膝盖之间。凯蒂感到不安，她把莫里斯叫醒。"请不要太放松，"她乞求道，"我弄不清我们该在哪儿下车。这儿看上去全都一样。可能一直到海边都是这种样子。往北走总是这样的。"他温和地看着她。他短暂的睡眠看来就像把他驯服了似的，把他变成了她一直以来认识的那个稳重的、不可接近的人，他丧失了那种欢腾的轻快、那种活泼。对了，就是那种自从他来到之后他一直流露出来的活泼。三个小时之前他还是那样，她在心里惊叹。他肯定和我一样激动。那他为什么不能多待几天呢？为什么他不愿意多待几天呢?

她非常轻微的忧郁,在走向教堂的路上加剧了。她发觉这个教堂是一个地牢,周围都是屠宰场。本来就毫不起眼的环境,在灰暗的下午看上去更加惨淡了。一条满是廉价商品店、马肉铺子、洗衣店的街道。几个烂醉的身形歪坐在体育酒吧[1]里。在一家咖啡店外,一个侍者穿着衬衣,围着长长的黑围裙,站着在打哈欠。天色变暗了,下起了小雨。当他们磕磕绊绊地走过滑溜溜的鹅卵石路,前往教堂西头的正门时,她想,他会把他可爱的套头衫弄湿的。

她所看见的让她很感失望。玫瑰色的窗户很破旧,石头既没有很彻底地被风雨侵蚀,也不十分干净,那个孤零零的钟塔厚重而笨拙。中央大门上的石雕刻得很浅,她觉得好像自己在看某种金属上刻出来的东西。主门紧紧地、不容商量地关闭着,上面坐着不知道出自什么年代的围着光轮的基督雕像,基督的手臂伸向宣告他荣耀的卷轴。在基督之上,半圆形拱顶的侧面装饰着两队圣者、天使和神学家们的微小身形,他们在基督的头顶交汇。"莫里斯,"凯蒂渴望地说,"我们右边好像有个挺不错的十八世纪建筑。我们到那儿去看看吧?"她渴求某种雅致的、合理的东西,某种能让她保持镇静的东西,因为她感到,圣德尼教堂包含着上帝的不合

---

[1] 法语 Bar des Sports.

理性，那个基督雕像好似阻挡着她这种不值得拯救的人。莫里斯抬起眼睛望着基督，没有理会她的问题。他站在雨中，入神地一动不动，他的头发在湿润的细雨中发黑，而她则冲进了边门去躲雨。

到了里面，有很大一会儿，她什么也看不见，只能听到脚步声，不知道是否莫里斯也跟着她进来了。她身处在一个广阔的墓地，一个专门安葬富人、名人的室内墓地，这里的死者都已经死了很久。在前面的某处，她能听到一个导游的声音，但室内看不见任何其他人。她猜测那个声音是一段录音。一种无法解释的恐惧，让她停留在门的附近。凭着红色的套头衫，可以辨认出莫里斯的身影。不知怎么一来，莫里斯已经走在了她的前面。他对她视而不见，或者已经忘了她也在这儿，而她则对自己太没有把握，不敢轻易去打扰他。

过了一会儿，她开始胆怯地在坟墓间走动起来。她立刻被那些美丽的名字吸引住了：达哥贝尔、希尔德贝尔、卡洛曼、弗雷德贡德、厄门特鲁德、卡斯蒂耶的布朗希、阿拉贡的伊萨贝尔。一点点地，她强烈的不适感离她而去了。她开始敢于正视那些雕像，一边还查阅她的导游手册，看自己是否走法正确。达哥贝尔一世的墓，就像一个安排得整整齐齐的盛放织品的橱柜，橱架上安放着一排排的人形雕像，达哥贝尔本人就稳妥地储藏在它们下面。在瓦卢瓦的路易的坟墓四周，围着一队小小的人形雕像，他们披着带兜帽的斗篷，在哀悼着死者。而那个王子本人则平躺着，好像不是太死。他眼睛睁着，举着手正在祈祷。这让她倒吸了一口凉气。她在他哥特式的脸上看出了某种坚毅的神态，看出了她曾在莫里斯那儿见识过的某种对信仰的执着。但卡斯蒂耶的布朗希，却毫无疑问地死了，她平展地躺着，看上去她甚至不在那镶着褶子饰边的华服里。在坚硬的石头中，她空洞的头颅现在和她金属制成的皇冠融为一体。

那些配成对的国王和王后，奇怪地让凯蒂感到不安。他们不一定都是夫妻，躺在一起，就像是躺在床上，就像是躺在永恒的婚床上一样。他们都穿戴得体，卡洛曼（死于771年，她的导游手册上说）躺在厄门特鲁德旁边，而腓力普（死于1131年）躺在卡斯蒂耶的贡斯当丝旁边。尽管有王袍、王冠、节杖，但还是显出一种亲密的样子，一种不拘礼节的样子。凯蒂在变暗的教堂里往回走着，转过一个弯继续走，她突然屏住了呼吸。在她前面，她看见四只光脚的脚底，还有因为平躺着而显得很短的两个裸体人形的雕像。在大理石的灵柩台之下，躺着两个大理石的人像，显然刻画的是他们濒死的情形。那个男人的胸拱起着，他的脚趾在痛楚中张开，他的手保护着生殖器。那个女人比较松弛，但膝盖绷紧着，脚趾扭曲。凯蒂查看她的导游手册：亨利二世和梅迪奇的凯瑟琳，杰曼·皮隆的作品。在灵柩台的上面，有国王和王后的青铜跪像，刻画他们生前的仪态。那女人风度优雅、精通礼仪，头发上点缀着珍珠。那男人身体肥硕、雄辩滔滔、精明机智，伸出长长的政治家的手臂。凯蒂又转回到 gisants[1]，那些死人的雕像。那么，这就是现实了。死亡。然而假如一个人拥有伴侣的话，死亡也几乎是可以接受的。亨利和凯瑟琳，分担着垂死时刻的极度痛苦，他们熟悉彼此身体的鄙陋。在雕像中他们并没有被理想化。那女人的乳房平展着，她的大腿胖乎乎的。要不是他们扭曲的脚趾，他们看上去就像睡着了一样，如同还活在他们生命中的随便哪一天。

现在凯蒂又看见了莫里斯，在昏暗中他的红色套头衫是唯一的颜色。巨大的教堂内，除了他们没有别人。她凝神细听，想听到信徒们自信的脚步，就好像自己被带回了从前一样。但她没有听见。她想搜寻一根蜡烛，好为玛丽-特蕾斯点上，但是她找不到。这个教堂仅为自己的信众提供这些东西。然后她看见莫里斯在达哥贝尔墓前圣母玛丽亚的石像前跪下，看着他低下头来祈祷。他离开了我，她想。我现在是一个人，她靠在一根石柱上，喉咙哽咽。她想要祈祷，但却说不出口。然后她在心里默默地说道，玛丽-特蕾斯，最亲爱的小母亲，你在吗？这就是你希望我得到的吗？在那些安详的夜晚，连你都变得无忧无虑的那些夜晚，我们手拉着手走在小花园里，那时候你希望我得到的，就是像他一样的

---

[1] 法语：用于装饰坟墓的、刻画死者的雕像。

人吗?你看见他了吗,我的那个虔诚的情人?我在旅馆里等他,我给他打字,我给他做饭,而他永远也不会和我结婚。他在向圣母玛丽亚祈祷,向一个石头做的、脸皮剥落的女士祈祷。你在看着你的女儿吗?有时候,我奇怪的野心让你惊奇,让你恐慌。你那时候是不是希望我更单纯一些,更听话一些,更容易预见一些?你没有像母亲一样把这些传给我,但你几乎不是母亲。你是个孩子,而且你或许是我一辈子仅有的孩子。你找到他了吗?找到你的丈夫,我从来都不认识的父亲了吗?你会告诉他我是谁吗?你一直这么喜欢别人照顾你,你可以照顾我吗?

过了一会儿,她小心地擦干眼睛,尽可能地修整了自己的外表。现在莫里斯朝她走来,他脸上重新显出了温和的微笑。疲劳和怀疑似乎对他毫无影响。对他来说,生活这件事情是如此简单,她一边想,一边看着他,而他则双手叉腰,抬头环顾着廊柱的柱顶。她在几乎彻底的黑暗中偷偷看了看自己的手表。"莫里斯,"她急迫地说,"时间太晚了。我们现在回家吧。我不喜欢这个地方。"他稍稍皱了皱眉头。"怎么会呢?"他说,"我可以在这儿待上好几个小时。""可你明天就要回去了,"她乞求道,"我们在一起的时间这么少。"他叹了一口气,伸出长长的手臂,放在她的肩上,探寻般地看着她的脸。"好吧,凯蒂,"他说,"我们现在回家。"

在回去的路上,他沉默不语。他时不时地取出一个小笔记本，在上面写些什么。她觉得自己刚才好像有点蛮不讲理了，心里有一丝不安。可是我肯定在瞎想了，她想。这其实很简单，因为我们早先的和谐被打破了。这是很自然的。需要花一些时间才能重新恢复。况且，或许对我们来说，圣德尼不是最合适的地方。我希望我没有影响到他的正事。

回到自己的房间之后，她恢复了早先的兴致。她叫服务生送了茶上来。她看着他手握茶杯走来走去，他的戒指在托盘下闪着光。他脱去了淋湿的套头衫和鞋子，心不在焉，衣冠不整，时不时地站定不动。只有当她催促他喝茶时，他才回过神来。她溜进旅馆隔壁的蛋糕店，买了两个苹果千层包，还有注满杏仁糊的两个羊角面包。他们狼吞虎咽地吃着，他们的嘴充满了那种甜蜜的混合物的香气。当他们亲吻的时候，他们交换着相同的气息。她发誓只要还活着她就决不忘记那种特别的味道。

在他洗澡的时候，她坐到窗前，朝湿淋淋的街道望去。雨现在下得很大，她可以看见那些深水洼反射出来的光亮。她点燃了一支香烟，坐在那儿一动不动。她惊奇地发现，这是她今天的第一支烟。她觉得自己在椅子里的样子更高贵，想象自己的头比平常更小、更整洁，她的脚也比平常更优雅。她环视这深红色的小房间，它的丑陋被昏暗的灯光以及莫里斯丢在床上的衣服遮掩了。"我们到哪儿去吃？"她朝他的方向叫道。她听见他从浴缸里跨出来，轻轻地走到她身边。"凯蒂,"他抗议道,"你突然变得怎么啦?你要立刻把所有事情都做完吗?"

他们在旅馆附近一个名不见经传的小饭店里吃饭,因为到了夜里,雨开始下个不停。这次是她饿了,而他则看着她吃。她脸色泛红、表情活泼。她叉起小片的肉,放在他的盘子里。他很安静,完全丧失了早先的兴奋。她猜想在教堂度过的下午,唤醒了他关于上帝和死亡的思绪,唤醒了他对自己悲剧性时刻的回忆,唤醒了他的希望。准确地说,希望什么呢?莫里斯心里有任何希望吗?如果他有的话,凯蒂不知道那该是什么。只要你有自信,有正确的假定,凯蒂·莫勒想道,我敢说你根本不需要依靠信仰来活着。说来也怪,我却需要。

他们很早就分别了,比她预期的要早。在她旅馆的门厅,他把胳膊搭在她的肩上,再一次注视她,他的脸上没有了那习惯性的面具一样的微笑。这是对他们俩都极其重要的时刻。他们俩谁都没有说话,这延绵着的安静的一刻,看上去无穷无尽、不可逆转、意义重大。终于,她以尽可能轻松的口气说道:"你累了,我亲爱的。去睡个好觉。"他把前额抵在她的额上,好像要说些什么,然后叹了口气,站起身来。"晚安,凯蒂。"他说。然后他走出去,走进了雨中。

第十一章

"你在法国过得开心吗?"米尔斯礼貌地问。

"非常开心,谢谢你。"凯蒂回答,"你们也都去度假了?"

"我没去成。"拉尔特说,"我在一个建筑工地找了份工作。造了个炸弹。"其他人都微笑起来。费尔察德小姐先前的套头衫,现在换成了一件皱巴巴的棉布衬衫。除此之外,一切都还是原样。

凯蒂看得出来,假期对他们都大有益处。他们看上去更精干了,脸上冬日的苍白也都消失不见了。太阳照进他们的小教室,一道光柱从凯蒂面前的窗户直伸到她身后的书架,掠过拉尔特和米尔斯的头,让费尔察德小姐蜷曲的长发闪闪发亮。太阳搅动起光柱里的尘埃。在阳光下,他们甚至都显得晒黑了。这是最后一次课,以后他们不太有可能再聚在一起了。

凯蒂清了清嗓子。"大家都知道,这是我们的最后一次课。"她说,"我想今天我们可以做两件事。我们可以最后研究一下《阿道尔夫》,看看小说的结尾和开头是否合拍。然后,我们可以讨论一下,关于浪漫主义小说的主人公——作为一个实体,作为一种现象——这部小说告诉了我们些什么。或者,究竟是否真的有浪漫主义主人公这样的东西。或者,它是否就是浪漫主义者们自己树立起来的一种原型。谁愿意先来说说?"

拉尔特说:"我注意到的事情是,当我重读这部小说的时候,我能轻易地想象出小说的结尾。想象结尾比想象小说的开始,要容易得多。"

凯蒂笑了笑。"你愿意解释吗?"她问。

他稍稍考虑了一下。"这部小说的调子一直都那么悲伤,你看不出来它为什么应该结束。那些描述……"他对凯蒂点点头,"你说得对。我们之所以有这种印象,是因为小说的用词。那些词语毫无色彩。它们描述的是强烈的情感,但它们毫无色彩。抽象。"

"你们觉得这一点对小说的主旨是有帮助还是有妨碍?"凯蒂问。

"妨碍。"米尔斯说。

"帮助。"拉尔特说。

"你们俩对于小说的用词所产生的影响有分歧,菲利普?"凯蒂问,"简?"

"我不喜欢这本书。"费尔察德小姐说。

"这是你的权利。"凯蒂首肯道。"但是你得告诉我们,为什么你会这么想。你能解释一下吗?"接着有一阵停顿,大家都等着费尔察德小姐发言。然后拉尔特再也忍不住了。

"回到我刚才说的。我能想象出结尾。但假如小说的开始没有保持绝对的、严格的中立,我就不可能做到。"

"请举例说明。"凯蒂说。

"嗯,阿道尔夫决定离开埃勒诺尔,给他那个卑鄙的朋友写了信,告诉了他自己的决断,而信落到了埃勒诺尔手里,于是她生病了。"

"那病写得非常不明确。"凯蒂低声说。

"对,这很明显是个小说技法,处理得不是很好。可是在那以后,他们去散步。最后一次散步,因为显然她快死了。在这里作者才真正地提到了景色,并且这在书里是第一次。"

米尔斯在自己的书里搜索起来。"他只是说,那是某个冬日,阳光暗淡……树上没有叶子……没有鸟。这算不上什么景物描写。"

凯蒂微笑了。"很明显,你想要作者写得不一样。你想要的完全是另一本书。简也是一样。"费尔察德小姐点点头,开始把一缕长发绕在手指上。

拉尔特几乎是在喊叫。"问题在于,在你觉得那么稀松平常的这次散步的过程中,有一种声音。而那是从开始以来在用词方面尚未出现过的维度。"

"好，"凯蒂说，"继续。"

"嗯，这次散步仅仅持续了一个段落，毫无疑问，你对此感到很失望。"——他这话是对米尔斯说的——"阿道尔夫在散步的过程中，什么也没有听见，除了冰冻的草在他们脚下吱吱作响。"他戏剧性地停了下来。

米尔斯摘下眼镜。"我不觉得这有什么引人注目的地方。"

"噢，我认为这与其说是引人注目，不如说是意味深长。"凯蒂说，"在这里我们第一次留意到了作者的意识，而不是他的叙述。作者和读者之间的距离在缩小。到结尾的时候它完全消失了。"

"我觉得这个结尾很不令人满意。"米尔斯说，"要是他仅仅安排她死了就收尾，该有多好。可是他偏不罢手。他还得发现一封死者留下的信。然后他还得假装是别人，还得写信给编辑说他发现了这部手稿，还得问他是不是值得发表。然后那个编辑还得回信说值得发表，不过他觉得发表不会有什么用处。"米尔斯摇摇头，"这么做未免太笨拙了。"

"作为小说来说，它确实很笨拙，可这时候作者已经不在写小说了。他在试图与某种已经发生的，而且把他彻底改变了的事情拉开距离。你们能不能告诉我，从哪里开始，这一点变得明显了？"

拉尔特喷出一口烟，把他熏黄的长手指从书页间拿开，举手示意大家安静，然后用朗诵的声调说："'那已经不再是对失去的爱的追悔，那是一种更加悲哀更加忧伤的感情：这爱和被爱的对象是这样的等同如一，以至于甚至在绝望中也有某种魅力。'"他停了下来，"是不是这儿？"他问凯蒂。

"几乎就是这儿，"她回答道，"但你开始得太早了。继续。"

"'……我不想和埃勒诺尔一起死；我会离开她，一个人生活在这沙漠一样的世界上，我曾经那么经常地渴望独立地生活在这世界上。我和爱我的人分离了，我打碎了那颗心，那颗心是我自己的心的伴侣，它以不倦的温柔，一直持续着对我的眷恋；孤独已经把我吞没。'就是这儿。"他点点头，几乎是在对自己说话。

"继续。"凯蒂说。

"'埃勒诺尔还活着，但我再也无法向她倾诉我的心思；在这世上我已经是独自一人了；我已经不再生活在爱的氛围里，那氛围原本是她在我周围营造的；我呼吸的空气对我来说更加严酷了，我见到的人们的脸更加冷漠了；整个大自然似乎都在告诉我，我再也不会被爱了。'"

"精神病学家们把这种现象称为'分离焦虑'。"凯蒂说。"这种现象比你们设想的还要普遍。社会学家把它归咎于现代都市生活的异化作用。但阿道尔夫生活在波兰中部的一个庄园；他遭受的是这种疾患的纯粹状态。异化是一种浪漫主义的现象。你看到阿道尔夫在小说结尾的地方是怎么说的吗？菲利普？"

"'我一直渴望的自由，它对我是多么沉重！我的心多么想念那种依靠，而以前我是那么经常地逃避它！以前我所有的行动都有目标；每个行动我都确知它要么避免了痛苦，要么给予了快乐。我曾经为此而抱怨。我不耐烦有充满爱意的眼睛看着我的一举一动，不耐烦另一个人的幸福应该那样重要。现在没有人看我了；对于任何人来说我都无关紧要。没有人需要我的时间和我的心力；我出去的时候，再没有声音唤我回来；我确实自由了；我不再被爱了；对于世界上其余的人来说，我都是个陌生人。'"

"'对每个人来说，'"凯蒂更正道，"他的意思是说，他丧失了跟那个他一直那么怨恨的人的亲密关系。但这也意味着他进入了异化的状态。"

"那样的话，我在说存在主义的时候，我说对了。"拉尔特说。

"你在某种意义上是对的，"凯蒂说，"但是你不能生搬硬套。贡斯当不是存在主义者。他挣脱自己的道德两难困境的唯一办法，就是通过那个'编辑'，发表一通对阿道尔夫行为的全盘的道德谴责。"她用清澈的嗓音读道："'La grande question dans la vie c'est la douleur que l'on cause, et la métaphysique la plus ingénieuse ne justifie pas l'homme qui déchire la coeur qu'il aimait. Je hais, d'ailleurs, cette fatuité d' un esprit qui croit excuser ce qu'il explique; je hais cette vanité qui s'occupe d'elle-même en racontant le mal qu'elle a fait, qui a la prétention de se faire plaindre en se décrivant, et qui, planant indestructible au milieu des ruines, s'analyse au lieu de se repentir.'[1] 你们瞧，他非常细致入微。"凯蒂补充说，"他不给自己任何减轻罪责的借口。"

"存在主义者们也是这样。"拉尔特说。

他们停了下来，这本书把他们弄得精疲力竭。大家甚至有点厌恶这本书。从外面的走廊传来脚步声、一声咳嗽、一阵大笑，脚步声渐渐消失了。天气很热。凯蒂意识到，今天下午进展得不很顺利。

"关于性的方面又是怎么回事？"拉尔特问道，一边用拇指甲劈开一根火柴。"他们俩是情人吗，还是什么别的关系？还是俩人彻底分手了？"

"作者没想让我们知道。"凯蒂说，"他们彼此被对方吸引着，这是肯定的，"她的声音里有一丝痛苦，"但是你知道，有时候，浪漫的爱可以导致灾难性的忠诚。或者甚至最终导致贞洁。"她补充道。

---

[1] 法语：每个人生活中的一个大问题，是他所引起的痛苦，一个人要是撕碎了他所爱的心，最玄妙的形而上学也无法为他辩护。而且，我恨那种愚蠢的人，他们相信只要能解释清楚就能被原谅；我恨那些虚荣的人，他们一心想着描述自己所犯的恶行，他们假装对自己所描述的深感悲伤，他们毫发无损地在废墟边逗留，不是去忏悔，而是去分析。

费尔察德小姐眼角上翘的大眼睛转向凯蒂，好像希望她进一步阐述这个观点似的。然后她把眼睛转向米尔斯，目光朝下落在他的手表上。她自己从来不戴手表。然后，她敏捷地把头发掠到耳后，宣布说她觉得阿道尔夫是个疯子。

"这个观点很有意思。"凯蒂想让课堂重新活跃起来，"在十八世纪，他的症状肯定会被诊断为某种形式的疯狂。那时候他们也都知道病态的敏感性。那是一种完全负面的特性，被视作厄运，视作出生时运气不佳的结果，正如狄德罗[1]所说的那样。那么为什么，在十九世纪的前三分之一时间，它又变得那么重要了？简？"

"大概和信仰的丧失有关？"

突然，在凯蒂的头脑里，出现了某个哥特式教堂内部的影像。她看见自己独自坐在座位上，蜡烛在她右边的某处燃烧着，她听见背后的脚步声。她记得在这样的情形之下她感到的无法忍受的孤独。尽管如此，她还是想，如果我把这种感受视作摧残了阿道尔夫的那种感受，那我在智识上就是不诚实的。

"我认为阿道尔夫从来都没有丧失过信仰，"她回答费尔察德小姐说，"因为我认为他压根就从来没找到过信仰。我认为他觉得理性能帮他渡过难关。尽管他的行为不合情理，

---

[1] 法国哲学家。

但他实际上一刻也没停止过运用理性。"

"他的问题可能就出在这里。"拉尔特说。

"是的。但是,在无法忍受的境况中无休止地说理,却仍旧被这样的境况所限,这正是浪漫主义者的特点。你可以随便找例子,不管是真人真事还是虚构的,都是如此。而且今天依旧如此。对于浪漫主义者来说,理性的力量不再运作。或者更确切地说,它尚在运作,但已经不能带来变化。"

"这话说得通。"米尔斯同意道,"在十八世纪的时候,他们认为只有理性的运作才能带来变化。"

"然后,他们意识到了这个可怕的事实。"拉尔特接着说道,一边点燃他最后一支香烟,心不在焉地摇着燃尽的火柴。

费尔察德小姐合上书,同时也合上了整个关于阿道尔夫以及他烦人经历的论题。

"那种理性在道理上讲不通。"她说。

这个姑娘的迟钝让凯蒂担心。凯蒂知道她绝不愚蠢。或许她心里有别的事,她想。或许她觉得我无趣、烦人。但她一点也没有对立的情绪。她甚至很和善,只是这种和善总是以某种超然的方式表现出来。

"这不是问题的关键所在。"她回答说,"浪漫主义者会声称他们拥有关于世界的更多知识,对无法估量的事物拥有更深的理解,声称他们拥有更大的感受力。他们还会声称拥有更大的脆弱性、更大的忠诚、更大的激情。他们可能是对的，也可能错了。我们在和一部虚构作品打交道，我要说的是，在这个时期，虚构作品，乃至于所有创造性的活动，其中都开始弥漫起作者的自身经历，但我觉得很重要的是，我们评判一部业已完成的作品——不管它是音乐还是绘画还是小说——我们都必须就这部作品所属的艺术类别来进行讨论。作为一部小说，《阿道尔夫》是成功了还是失败的？"

"噢，它是成功的。"拉尔特承认道，"作为对异化的探讨，直到加缪，没有什么能及得上它。"

"而作为一部小说，从此以后再也没有像它那样的书了。"凯蒂说，"我很抱歉我这样学究气地看待小说的用词，但这个故事的强烈效果来自于极端干枯的语言与极端炽热、几乎无法控制的情感这两者的并置。如果这个故事被过度地描述了，我认为我的反应会和简的一样，但是我们能感受得到，这个故事几乎像是被关在笼子里那样。我们能感受得到，即便绝望是彻底的，叙述却仍旧保持着控制。这是非常优雅，非常重要的。它也是非典型的。这是我选择它的原因。它出版年代很早——1806年——因此我们可以把它看成一把尺子，可以用它来测量从十八世纪到十九世纪这段时间在意识上发生的偏移。只要想想，拿破仑两年前才给自己加冕做了皇帝。有些人觉得他们生活在一个新时代。其他更敏锐的一些人，认出了这只是个过渡时期。"

她看出他们的兴趣突然减退了，于是停了下来。"有什么问题吗？"她问，"约翰，这是什么？"因为拉尔特很大模大样地离开了教室，几秒钟之后又回来了，手里拿着一瓶葡萄酒，还有从学生食堂里窃取来的四个杯子。

米尔斯清了清嗓子。"我们想说声谢谢你，莫勒小姐。我们非常喜欢你的课。我们也期待着你的演讲。"

"听见了，听见了。"拉尔特帮腔道，一边忙着开瓶子。而费尔察德小姐伸手到桌子底下拿出一个装着饼干的马口铁罐头。

"啊，简，"凯蒂吃惊地说，"这真是令人感动。你们都很令人感动。"她纠正着自己，因为这个主意明显来自拉尔特和米尔斯。然而，费尔察德小姐对这种行动作出了贡献，她显示了与大家的团结一致，直截了当地说，她真的参与了，这个事实本身，对凯蒂来说是非常令人鼓舞的。

葡萄酒凉爽宜人，因为拉尔特先前把它藏在了楼梯平台那儿的一个小水池里。饼干——凯蒂原先推断是费尔察德小姐亲手所制，后来发现不过是普普通通的消化饼，但仍旧非常受欢迎。凯蒂感到极其喜欢他们，尽管今天下午在她看来不算是个成功。或许《阿道尔夫》这本书选得不对，她想道，尽管她此前确信自己的选择是正确的。或许他们本该讨论些轻松一点的书。比如柏辽兹的《回忆录》。

"既然现在你们已经没有课了，你们可以做些额外的阅读。"她说，"我会推荐柏辽兹的《回忆录》。"

"噢,绝妙的东西。"拉尔特附和道,"你有没有烟,凯蒂?我是说莫勒小姐。我抽完了。"

"你会留在这儿吗?"米尔斯问道,"夏天结束的时候,我会跟大家道别,回去干我的老本行。但我想知道,我能在哪儿重新和你联系上。"

"我想我会留在这儿。"凯蒂说。她其实完全不知道是否会留在学校,甚至也不喜欢以这种方式去设想未来。

"我们应该五年或者十年之后来个聚会。"拉尔特说。他又伸手取了凯蒂的一根香烟,把它储藏在自己的空烟盒里。"在圣保罗的台阶上。随身带一本《阿道尔夫》,这样我们就可以认出对方。"他摇晃着瓶子,想再给米尔斯斟酒。"行了,你这个老酒鬼,我们都知道你每天晚上都喝醉。简?"

费尔察德小姐不停地喝着葡萄酒,就好像在喝牛奶。她伸出了杯子。她的脸微微有点发红,头发贴在湿润的太阳穴上。拉尔特迟疑地抓着瓶子,无望地看着她。她看见了他赤裸裸的目光,其他人也都看见了。费尔察德小姐改变了主意,摇了摇头,她的眼帘低垂,嘴微微地张开着。有一段短暂的沉默。一两秒钟之后,费尔察德小姐伸出一只精致的手,拿了一块消化饼,用她小而整齐的牙齿咬了一口。

凯蒂深吸了一口气。Merde,alors[1],她想,得想办法保

---

[1] 法语:噢,该死。

护拉尔特。"要是你愿意明天来看我的话,约翰,"她说,"我会给你一个书目,你可以给大家复印一下。"她站起身,举起杯子。"敬你们大家,"她说,"谢谢你们。"

我处理得很不好,她想道。但她非常高兴自己能逃离教室,逃离香烟和葡萄酒的气味,逃离《阿道尔夫》所引起的令人不快的沉思,因此她没花很多时间去考虑她本来应该怎么做。她渴望去那个花园。一个善良的制造商,觉得花园对下班的思考者很合适,就把这片地捐给了学校。花园里的小路在树下纵横交错,树上长满了夏日的树叶。在花园里走路是件愉快的事,有时候会碰到同事,还可以互相打招呼。凯蒂匆匆走到保琳的办公室,发现保琳独自一人待着,下学年的好几大张课程表铺在她身边的地板上。

"喝茶去。"凯蒂催促道,"我很想像一个正常人那样,在花园里散散步。我想把《阿道尔夫》忘得一干二净。保琳,我觉得我干这些一点也不在行。"

"噢,行了,凯蒂,不要再自我探索了,我求你。浪漫主义者们对你造成了很坏的影响。你见到我的手袋了吗?"

"在一年级的课程表下面。坦率地说,保琳,这种天气,那条裙子太厚了。你母亲还好吧?"

"噢,母亲还好。"保琳说。她用一个破损的大粉扑抹着自己不加修饰的脸。"狗倒是让人着急。那条裙子,你算说对了。"

"如果我是你的话,我会把它收起来,或者把它扔掉。你觉得《阿道尔夫》精确地反映了男性的思维吗?在关于爱的这个题目上,我的意思是说。"

"麻烦的是,要是我扔掉这条裙子,我就没法穿这件夹克了,那夹克挺贵的。是切尔滕汉姆[1]最贵的。我觉得《阿道尔夫》是一部引人注目的小说,不过我觉得作者是个个案,不具有代表性。要是你还在担心你的演讲,请别大声说出来,糟蹋了我的下午茶。留在自己心里,想办法钻钻空子。"

"钻谁的空子?"

"当然是浪漫主义传统了。"保琳说。她可不是白白地有她那样一个母亲的。她在门口停下来,回头看了看凯蒂,发现凯蒂在沉思着。"你今天脸色很红,凯蒂。我希望你没有生气。你知道,瑞德迈尔对你评价很高。"

"我要是果真脸红了,那也是因为我喝了酒的缘故。我要是去想自己工作的话,那我会急得脸色发白的。冷不丁地,这儿就一点也不安宁了。你在这里计划着下个学年,那我呢?我会去哪儿?"

"人家不允许我告诉你,"保琳咧嘴笑着说,"而且我要喝茶。打起精神来,凯蒂。你今天怎么啦?"

---

[1] Cheltenham,格洛斯特郡的一个城市。

"那种手袋经久耐用，是大家公认的。如果我是你的话，我会丢掉它，既然你正在扔东西。今天我买单。你可以尽量吃。"

"我要吃个够。"保琳同意道。她大步朝前走着，那个经久耐用的手袋拍打着她的腿肚子。她很高兴下学年还能见到凯蒂。凯蒂呢，因为终于松了口气，觉得浑身乏力。我太用功了，她想。我对每件事都太当真了。下个学年，我会更加合理地工作，就像保琳那样。而且我的演讲也会很顺利的。因为必须这样，我以后得靠这个吃饭。

和保琳一起，她走在穿过花园的一条小路上，朝教员休息室的方向走去。"你总是穿得那么讲究，凯蒂。"保琳说。

凯蒂想了想。"像我这样落魄的女人往往是这样的。"她评论道。她抬起头，看见两个身影朝她们走来。"那是瑞德迈尔教授。"她用不经意的口气说，尽管她的心开始很不舒服地跳动。

而当瑞德迈尔教授和莫里斯走近，他们都以温和的姿态挥了挥手，继续往前走远了。

第十二章

在她外祖父母家起居室中央的一条布单上，心不在焉的凯蒂一动不动地站着。她外祖父腌制的石块一样的果脯，盛放在一个小小的银碗里。从碗沿反射过来的阳光，照得凯蒂睁不开眼睛。一块已经裁好的蜜色生丝面料，紧裹在她的身上，用粗针缝了起来。同样表情恍惚的露易丝站在一边，一手拿尺，一手夹着香烟。瓦金撅着嘴，摸着下巴，时不时地点着头。

对于凯蒂来说，这么个过场，尽管很累，很不自在，而且也不妥当，但仍旧是对任何重要场合都很关键的预备程序。她的一辈子都是这么过来的。每次去参加聚会，去探访她的法国亲戚，或者过生日，露易丝总会给她做一身新衣服。她非常熟悉这套程式，几乎到了视而不见的程度。他们总是表情严肃地低声商讨，长时间地抚弄衣料，做出褶裥，用别针固定，对肩缝、裙摆、袖口作细微的调整，稍稍地收紧后腰，加固褶边。至于这些衣服的式样和颜色，他们从来都不加讨论，因为在自己的职业生涯中，露易丝一贯是独断专行的。她比任何人都知道，对于某个特定的场合，什么衣服才是最合适的。她是圣德尼街和佩尔西街的产物，她比自己的很多客户都更熟悉社交场合的仪规，关于皇家花园派对、婚宴、格莱德伯恩[1]、法兰西南方、苏格兰等等对服装的要求，她也都烂熟于心。确实，给发表演讲的人设计合适的衣服，她还从来没干过，但她毫不怀疑自己能够胜任。她知道这可能是她做的最后一件衣服了。尽管她的眼睛已经昏花，尽管她的手指已经僵硬，尽管她已经无法跪下，她知道她事实上会跪下，会用别针固定，会丈量尺寸。那蜜色生丝衣料，原本是为玛丽-特蕾斯准备的，自从她死后就一直用黑色的棉纸包着。露易丝知道，这块衣料最终会做成一件衣服，它不仅会与自己业已消失、差不多无人记得的职业生涯相协调，而且会对她外孙女的未来起到扭转局面的作用。那个未来会是什么，露易丝不清楚。在她看来，一个如此远离她自己的经验以至于她都无法想象的事件——她推断那是特蕾斯工作地点的某种正式场合——会如此牵动她外孙女的心思，或者哪怕只是会和他们的共同生活发生关联，都是一件

---

[1] Glyndebourne，英格兰的某著名的乡村别业，每年五月中至八月底于此举办歌剧节。

荒谬的事情。然而她知道，无论凯蒂的活动看上去是多么古怪，她都必须帮她，当她的向导、她的设计师；不管在凯蒂身上会发生什么，露易丝都要保证她在这个场合至少装束完美。

露易丝心里想好的设计，是带长袖的宽松直筒连衣裙。这种式样无可否认地优雅，但对凯蒂来说，它过于时尚、过于华丽，是个过于明确的陈述。于是有了一点小争论。这是史无前例的，因为露易丝一贯知道什么最好，从来无人质疑。但是凯蒂很坚决。"我需要回旋的余地。"她说，"我需要下摆更宽的裙子。我需要口袋。有没有足够的面料做个夹克？露易丝妈妈，别这样看着我。这样很漂亮，我知道，但我不能看上去太奢华。"她的意思是，我不能看上去太老式，太引人注目。她想起保琳穿着鼓鼓囊囊的裙子却毫不在意，与着装方面用色大胆、搭配巧妙的卡罗琳相比，她与保琳是多么容易相处。她想，莫里斯会喜欢什么？当然不是又紧又直的、就像模特穿的那种衣服。而我自己呢，我觉得这面料太精致繁复，太引人注意了。不过我需要一件适合正规宴会的衣服。噢，我不知道。我觉得心神不宁。"露易丝妈妈，"她说，"给我弄一点你的裙褶。"露易丝的裙褶是有名的。接着露易丝又和瓦金进一步商讨。"Elle a peut-être raison[1]。"

---

[1] 法语：她说得也许有道理。

他说。瓦金焦急地想要为她节省力气,因为他看得出来,她并不真能胜任这么大的活计。"Une petite robe avec une jupe plissée [1]. Ligne évasée [2]. Avec un veston [3]. Très décontracté [4]. Tu vois le genre [5]?"露易丝不太愿意。"Le tissu est trop important [6]."她低声说。然后她看见了凯蒂的眼神,平生她第一次允许了这孩子自作主张。衣料裁剪好了、用别针固定了、粗缝了。在这次试穿之后,一切就都结束了,她再也不要看见它了。这些想法没有显露在她的脸上,她面无表情。但是她一直坐到深夜,也许坐到了太晚,而这劳作的结果应该是她能引以为豪的东西。

大家商定,凯蒂要等到衣服做好之后再走,这意味着她要从星期六一直待到星期一晚上,因为到那时衣服才会通过审核获得最终的批准。这又意味着她手头有很多时间,因为露易丝和瓦金两人都全神贯注,而显然她没有什么话可以对他们说。他们退守到了以前的生活中,一心想着怎么把衣服做得尽善尽美。他们简短地交谈着,既像共谋者又像合伙人。像在很多其他场合那样,凯蒂重新试着去调和她的两种

---

[1] 法语:一件裙装,有带褶的裙。
[2] 法语:样子宽松。
[3] 法语:带一件夹克。
[4] 法语:非常宽松。
[5] 法语:你明白这种式样吗?
[6] 法语:那块衣料太重要了。

生活：一方面是和他们一起过的并且为他们而过的生活，一方面是她在外面的生活。她有很多的担心，还有一个很大的希望。但最终，那个希望比那些担心要大。但是她知道，那个希望意味着特蕾斯的终结和凯蒂的开始。她想到自己将要带走的衣服，还想到她将要穿上这衣服的场合，这两者交替着给了她悲伤和喜悦的时刻。她回想起那些场景：她外祖母跪在她身前拉直衣服的下摆；她外祖父脸上的焦虑。还有那些可怕的时刻：露易丝没法站起来了，只好把一只胳膊伸到身后，伸给瓦金；用力把她拉起来的瓦金累得气喘吁吁；他们两人紧紧抱住露易丝把她放到椅子里，围在她身旁直到她恢复正常挥手把他俩支开。只要凯蒂一想起这些，它们就像疾病一样左右着她。在那次试衣之后，她安静地坐在角落里看着他们。然后她走进厨房，给他们煮了浓咖啡。而只是等到露易丝放下了杯子，深深地吸了口气，甚至吃了瓦金的一片沾满糖粉的软糖，在衣服上留下一条糖粉的印迹，又对瓦金打了个榧子说："A toi, maintenant. Débarrasse et aide-moi.[1]"而他面露喜色端走了托盘，而她开始手工缝制那些线缝，凯蒂才吐了一口气，突然感到需要新鲜空气，宣布说要是他们想找她的话，她会在花园里。

但事实上她太焦躁不安，不可能坐得很久。她在夏日花

---

[1] 法语：现在该你了。收拾一下，来帮我的忙。

朵盛开的小街上稍稍游荡了一圈，而且允许她自己考虑即将到来的一件高兴事。这件非同寻常的事，比起她的演讲，对她的未来更具有决定性的作用。两个星期日之前，她在家里，刚把最后一张纸放进打字机，莫里斯就来了。他没有预先告诉她会来。自从法兰西回来之后，这是她第一次和他单独相会，她欣喜若狂。她给他沏茶的时候，他坐在她的椅子里，翻看她的材料。"这真是非常不错，凯蒂。"他说，"你应该庆祝。"他看上去很高兴，无拘无束，她自己在任何时候都无法像他那么放松。她渴望把手放进他的衣领，抚弄他的脖子，但她知道自己不能这么做。她正这么想着的时候，他令人惊异地握住了她的手。"这个夏天会很美好，不是吗？"他说。她不知道怎么理解他的话，但直觉告诉她，他的意思是他们俩的夏天都会很美好。她用双手握住他的手说："你会帮我庆祝吗？你会来吃晚饭吗？"他大笑着回答说："不，我亲爱的，你必须到我那儿去。我会在你演讲之后，给你办一个晚宴。或者安排在星期六更好？你怎么想，凯蒂？凯蒂，为什么你这么看着我？毕竟，我在这儿吃过这么多饭。"他大笑着，又轻轻地在她脸颊上吻了一下。

此后，他们一起坐在沙发上筹划这次晚宴。

"可是，烹饪谁来操办呢？"她问。

"噢，只要我好好求她，妈妈会把曼奴埃拉借给我的。或者我会去找别的人。操心一下我们要请哪些客人吧，凯蒂。我们该请谁？瑞德迈尔夫妇，很明显该请他们俩。"

她考虑着。"罗杰·弗莱那两口子？"她问。他眼睛望着天花板，夸张地打了个激灵。

"如果你一定要请的话，"他说，"如果你绝对需要请的话。"

"他确实去听了你的讲座。"她提醒他说。

"而她，我怀疑，爱上你了。"

他听了大笑说："好吧，可是你必须把他们逗乐。"

"当然。"她同意道。"我们不需要别人了。六个人够了？"

他已经失去了兴致。他双手叉在腰间，走到窗前说："那个不同寻常的女人是谁，橙色头发的，穿着很高跟的鞋子？"她走到他的身边。"噢，是卡罗琳，卡罗琳·科斯替根。她住在隔壁。"卡罗琳星期天会到哪儿去呢？是不是她和那个姓氏以J打头的男人遇上了？在娱乐界的那个？凯蒂心里充满了善意，她希望那些都是真的，并且决定晚上请卡罗琳来吃饭。在这时候，她爱所有的人。情意绵绵地，她回到了晚宴的题目上来。"六个就够了，对吧？"她问。"六个什么？"他说。他迷失在自己的思绪里，离她很远，他的胳膊支在窗台上。"六个客人。"她笑道。他转过身来面对她，他温和的、拒人于门外的微笑又回到了脸上。"六个？噢，不。我觉得八是个更好的数字。我还要再想两个。"他早先的兴致已经消退了。

但自从那天以后，晚宴的承诺一直是凯蒂思绪的焦点，演讲的前景在它旁边一比就显得逊色，显得无足轻重了。她想象晚宴是个正式的场合，她无休止地想那件蜜色的裙服是否足以应付那种场面。确实，她花了每天晚上的大部分时间，在老教堂街操心这件事，而且求得了卡罗琳的意见。有一天晚上，卡罗琳听见凯蒂上楼的声音后，来到了凯蒂的门口，她身后有一个声音在宣告："现在我们转到在安布里奇的朋友们，那儿希德·培尔克斯发现自己手头有个麻烦。"她随后跟着凯蒂进了公寓。卡罗琳的意见是，凯蒂看上去太朴素了，需要颜色的装点。卡罗琳好心地主动要借给她首饰。"事情是这样的，凯蒂，你的衣服裁剪得非常好，但是它需要一些装饰。你有那种资本，可以争取造成更大的影响。"卡罗琳找遍了凯蒂的衣橱，内行地把衣服披在身上，或者放在床上。当她对自己所见到的衣服缓缓摇头的时候，凯蒂决定还是穿她的新衣服。瑞德迈尔夫人，还有那个罗杰·弗莱讲席教授的妻子——她不幸的名字叫温迪——几乎不可能穿更加精致的衣服了。她也是这么对卡罗琳说的，然后只好邀请她留下吃晚饭。"也对，"卡罗琳同意道，"你可以把夹克脱了。这样你就不用操心外套了。而且我会把金项链借给你。"凯蒂谢了她。卡罗琳夸张地叹了口气。"你运气真好，凯蒂。我希望有人会邀请我出去。""还没碰到娱乐界的那个男人？"凯蒂问。"还没呢。但我上星期又去她那儿了，她很明确地说我今年年底之前会离开这儿，进入其他环境。"

这样的夜谈通常结束得太晚太晚,但它们已经变成了某种惯例。卡罗琳还像平常那样,异乎寻常地妩媚动人,然而那天凯蒂看着她,第一次发现她的下巴稍微有些肥胖。她一直时不时地注意到,生活中有一些无可名状的力量在起作用。那天她在心里对这些力量祈祷说:"别让她等得太久。"

那些史无前例的好天气,那些干爽的阳光暴晒之后的夜晚,都让凯蒂渴望摒弃所有让她分心的陪伴,渴望一个人坐着或者一个人散步,这样才能更加专注于她自己非同寻常的运气。而现在,她只能被禁锢在衣服撒了一床的、灰尘飞舞的、精明算计的世界里,或者被判罚穿着衬裙站在自己外祖母的公寓里,做一个局外人,无意参与装饰自己的行动。她觉得装饰自己的行动,应该由她自己来独自而私密地完成。她期待着那个星期六的晚上。在那时候,没有了伴随着的评头论足,没有了肩缝的调整,没有了纯职业化的评估,在合宜的隐秘之中,她会自己准备就绪,然后安静地坐在窗口,等待出租车载她去莫里斯那儿,一边细细地体会这种等待带给她的巨大的无法忍受的快乐。她会愿意把门对卡罗琳关上。她知道,卡罗琳的意愿是,从她由丰富的阅历所筑成的有利位置,来监督这个程序的每个环节。但凯蒂也知道,她还有自己的一套程式必须遵守,这套程式里充满了迷信,如果她不遵从自己的规则,那么就会出差错,那天晚上就会倒霉。她说不出这套程式是什么,但是她意识到,这套程式涉及她对自己目前的好运所表示的感谢。她意识到，事实上她早先迷茫的求索已经结束了，她的恐惧已经消解了，她已经不再是个请求者，与她有关的规划已经制订好了。对于命运所表现出来的极大的宽厚仁慈，她不知道要感谢谁或者感谢什么，但是朝她现在认为是天意的那个方向，她表示了礼貌的敬意，而为此，她需要独自一人。

当她坐在外祖父母花园里的时候，她意识到，自己现在应该向陪伴她走过前半生旅程的人们道别，她现在必须准备过一种不同的生活。再也没有通灵者，再也没有旅馆里的等待，再也不会愁闷地接受卡罗琳的建议。她想，从现在开始，她会更加确定，更加值得赞赏。她的饮食会变得合理，在演讲之前她不会惊慌，她会明智地对待每个人，但不会允许任何人对她施加决定性的影响。她在向自己的柔顺品质道别。这种品质，让她像自己的母亲一样，一直以来都是个姑娘，而这已经太久太久。我已经三十岁了，她对自己说。我已经三十了。是时候了。

有两天的工夫，她坐在花园里，或者在街上漫步。以后她将会回想起这两天，把这两天看成一段奇怪的间隙，一段几乎是神秘的时间，其中充满了承诺，充满了期待中的应验。在这段时间里，所有的事情看上去都是可能的。白天的每个小时，它们的明亮度以及安静度都是一致的。太阳看上去好像一动不动。食欲好像暂时消失了，激动和焦虑也暂时终止了,替代它们的,是非同寻常的聚精会神,是一种静止,是某种奇怪的崭新的东西。就好像某种真正的变形正在发生,然而她不知道那种变形究竟是什么。

时不时地,她回到房子那昏暗的内部,回到咖啡的气味、瓦金的洋李白兰地的气味中,回到寂静的氛围。当露易丝专心工作的时候,这种氛围总是相伴随之。凯蒂一次次地清理碟子。那些碟子里的点心已经被心不在焉地、急匆匆地吃掉。她收拾了一块在炎热中变硬的面包皮,放好了一圈香肠、几块奶酪,丢弃了一些果皮,清洗了装芥末的空杯子——里面剩了几滴葡萄酒。她用软木塞子塞好了酒瓶,把它归置好,然后安静地倒空了烟灰缸,再把它放在外祖母的胳膊肘旁边。那沉重的暗黄色绸缎在她外祖母的膝上展成水池的模样,尽管夹克已经完工,已经被瓦金熨平,正在空房间里的人偶上展出。在那儿,它在倾斜下降的、天鹅般的前胸上紧绷着,在没有分叉的后臀上张开着。但是裙子,裙子!有时候在凯蒂看来,就好像裙子永远也不会完工,就好像细密的针线会永远地行进下去,就好像永远会有下一个缝口、下一个裙褶,就好像裙子会被拆掉再重新开始。她觉得自己要是在安静的房间或者安静的花园里继续坐下去,过不了多久就无法忍受了。因为现在她已经察觉到自己的不耐烦,就像一个人察觉到自己比正常情况更猛烈的心跳那样。她想要尽快地度过此时此刻与那个星期六之间这段时间,想要废除往返的旅途，废除试衣的程序，废除演讲，废除在这段时间里她不得不吃的饭，想要看到自己坐在窗口，在她最后等待的时刻，在那个美丽的夜晚开始的时候。

最终，她再也无法承受起居室里的紧张气氛。有两天的时间，露易丝在她的椅子里没有挪动过。凯蒂走出屋子，走进了阳光，她的心里怀着露易丝的一个影像：露易丝那落满烟灰的黑衣服，胸口上撒着一些糖粉；露易丝面无表情，飞快地毫不犹豫地缝着，她浮肿的双脚搁在脚凳上。瓦金在她身旁安静地走来走去，他的表情充满戒备，几乎是严厉的。那房间芳香而封闭，对外界的辉煌无动于衷。在花园里，凯蒂坐着等待时间的流逝。最终，在星期一，当她坐着的时候，她听见头顶的窗户打开了。转过头，她看见她外祖父的头露出来，听见他说："Ça y est. Viens, Thérèse[1]."

站在地板中央的床单上，她顺从地听任摆布，而露易丝把裙子套过她的头，接着瓦金转动她的身体，让裙子平整妥帖，接着露易丝拎起裙子的双肩，让衣服缓缓落下。她仍旧站着不动，而露易丝退后一步，点燃一支香烟，凝视起自己的手工。她一直这么站着，直到香烟抽完、审查结束。谁也没有说话。然后露易丝转向瓦金，点了点头。他的脸绽出了微笑，他吻了她的脸颊。然后凯蒂被准许观看镜子里的自

---

[1] 法语：成了。进来吧，特蕾斯。

己。裙子精美绝伦,那么轻,那么合身宽适。那有名的裙褶在膝部撑开,还有那长而典雅的夹克。我穿着这身衣服,不可能戴卡罗琳的什么首饰,凯蒂想。可能为了不拂她的面子,我只好戴上,但一出门就放在包里。我得记住回到老教堂街的时候再戴上,万一她还没睡。然后她转向自己的外祖母,外祖母示意她来回走动。她重新回到布单上,她的外祖母也坐了下来。这时候凯蒂说:"这太完美了。"她把裙子脱下交给瓦金,瓦金用一层层绵纸仔细地把它包好,放进一个袋子里。就好像我是个顾客,凯蒂想,她的心头一阵刺痛。她跪在外祖母的椅子旁,渴望把自己的头倚靠在椅子把手磨损的天鹅绒上。当她能说话的时候,她说:"谢谢你。"露易丝看着她,表情漠然,甚至隐约地有些严厉。然后她伸出手,捏了捏凯蒂的下巴说:"Vas-y, ma fille[1]."

他们在一起喝了咖啡,天色已经太晚,而他们都太累了,因而他们彼此没什么话可说。凯蒂想要把他们两人送到床上,但他们是绝对不会允许她这么做的。叹了一口气,她意识到自己必须离开了,意识到漫长的一天终于结束了,意识到思虑的时间已经过去,而行动的时间已经开始了。这个庄严的想法让她恼怒,她焦急地希望这念头快快消失,因为在她新的生活里,这样的想法是没有位置的,在她新的生

---

[1] 法语:走吧,我的女儿。

活里，一切都有可能。于是她迅速地收起杯子，大步迈进厨房把杯子归置整齐，又试着打破在他们周围渐渐变强的沉闷气氛。她收拾好自己的东西，道了晚安，吻别了他们俩，走出屋子，走进夜晚的空气，深深地呼吸。像往常那样，她回过身去，朝他们最后一次挥挥手。她看见了窗口他们俩的脸，像两个渐渐变小的白色面具，而她仍旧挥着手，倒退着往坡下走去。

第十三章

凯蒂看着保琳·本特利把她母亲小心翼翼地安置到汽车里，她在大门口和她们挥手道别。她主动提出留在家里，照顾那只狗，这样保琳就可以实施今天的外出行动了。今天的这次是本特利夫人从不错过的一年一度的出游，尽管她不喜欢被任何她自己无法控制的交通工具挪动到任何地方。她们是到邻村一所大房子去参加那儿举行的游乐会。本特利夫人认识这房子的前任主人，觉得自己作为旧制度的维持者，去支持护士慈善机构是她的职责，而游乐会的收入正是捐给这个机构的，不过每次有人把捐助箱在她鼻子底下摇晃的时候，她总会大声发表自己的反对意见。本特利夫人告诉凯蒂，那儿有个玫瑰园是她一直喜欢的，她们会在玫瑰园里坐下,和一两个人聊聊天，喝一杯茶，然后回家。

凯蒂在大门口停留着，在自己的脑海中看着她们，就好像她们被邀请到了一个比她毕生所经历的都要大得多的聚会场合，正和视野更宽阔、举止更轻松的人们交谈着。他们穿什么衣服呢，她想。在这种场合穿什么才合适呢？本特利夫人穿着凉鞋走了，她平时穿的对襟毛衣的口袋里还装着烟叶罐头。保琳穿了条不怎么样的裤子。她想，要是她去的话，她会更精心地打扮一下。

但是当保琳在一丛丛晒干的杂草间搀扶引导她母亲的时候，并不知道凯蒂对她的着装不满意，她感到自己已经相当尽力了，尤其是因为她母亲已经忘了自己在哪里，正用她惯常的传得很远的大嗓门在谋求保琳的安慰。

"我不记得我是到这儿干什么来了。"本特利夫人说。她死死地站定，手搭凉棚遮挡着瞎眼。"尽管我敢说，这也算是换换花样，可到底是什么花样？你是不是要把我偷偷送进敬老院？你会把我遗弃在这片田里吗？更要紧的是，我还有时间抽一根烟吗？"

"你知道得很清楚，妈妈，这是你最喜欢做的事，每一分钟你都会喜欢的。"

"那什么时候才算开始？"本特利夫人感兴趣地问。

"我们只要离开这个该死的停车场，走到大花园里去，就可以开始了。我本来想我们会坐在玫瑰花旁边，吸一吸香气。"

"啊，"本特利夫人说，"我想起来了。格雷顿之家[1]，

---

[1] Gretton's place.

开放日,还有我从来没见过的人都说我看上去很精神。我们去喝茶吗?"

"妈妈,现在才三点十五分。"

"我觉得这没什么关系。"

"要是我能记得我把车停在了哪儿,你随便要做什么我们都可以做。"保琳说着,一边回头望去。

"我真希望你的朋友可以和我们一起来。她单独和狗在一起,肯定很无聊的。不过它当然很感激有人陪着。"

但此时凯蒂正完全迷失在浪漫主义传统里,那条狗保持了恰当的安静。

"她在给自己的演讲稿作最后的润色,妈妈。"保琳非常精确地说,"你知道的,演讲定在下星期二。等回家以后,我们会把游乐会发生的一切告诉她的。"

"为什么你说话这么慢,保琳,有什么不对劲吗?"

"为什么一定该有事情不对劲?"保琳问。保琳刚刚看见莫里斯·毕肖普正走过来,他的神情兴高采烈,和往常大不相同。"我们从这边走吧。"她补充了一句,抓住母亲的胳膊。但她停了下来,在这个时候调转方向就太不礼貌了。

"妈妈,"她说,"这儿是莫里斯·毕肖普。"

"噢,莫里斯,"本特利夫人叫道,"多么令人高兴!你母亲和你在一起吗?"

保琳和莫里斯互相注视着,两人的目光都沉稳而暗含着提醒。"你身体好吗，本特利夫人？"莫里斯说，"你看上去很精神。我能给你弄点茶吗？"

"太谢谢了……怎么回事，保琳？你不舒服吗？"

"请你原谅我们。"保琳说，"这儿人太多了，我想我们就在玫瑰园四周转转，然后回家喝茶。"她点了两下头，算是告别，再抓住母亲的胳膊，不很温柔地把她转到玫瑰园的方向。在玫瑰园她们坐了十分钟，本特利夫人时不时地吸一口快熄灭的香烟，再继续给女儿提出忠告和规劝，而保琳则相当沉默。

"你刚才非常专横，保琳。我本来想和莫里斯聊聊天的。不管怎么说，我是看着他长大的。他已经忘了那个女孩了吗？"

"我真的没法说，妈妈。"

一小片燃烧的烟草，落在本特利夫人的裙子上，保琳见怪不怪地把它掸去。本特利夫人有了一个令人着迷的念头。

"你是不是爱上他了，保琳？要是那样的话，我会很理解的。但这不是你刚才那种行为的借口。要用一点技巧，我亲爱的。没有必要把你的心戴在袖子上。"

"事实上，我很不喜欢他。"保琳说，"现在想起来，我一直就不喜欢他。我们回家吧，给凯蒂一个惊喜？不管怎么说，她是我们的客人。"

在汽车里，本特利夫人表达了想参加凯蒂演讲的愿望，但保琳告诉她，路程对她来说太累人了。

"可是我很喜欢她。告诉我，保琳，她长什么样？"

保琳想了想。"她活跃的时候很漂亮，不活跃的时候很平常。"

本特利夫人点点头。"以前我们把这样的人叫作journalière[1]。还有什么？"

"她穿着很讲究，几乎太讲究了。噢，我觉得她很迷人。在我们系大家都对她评价很高。"

"她的声音很漂亮。"本特利夫人说，"她的英语很精确。现在很少听到这么好的发音了。这当然是因为她是个外国人。"

"噢，真的吗，妈妈。她是在伦敦出生的。尽管我也同意，她给人的印象，就好像她在这儿不是特别自在。就好像她正在学规矩。"

"我应该说她很有教养，这一句话就全概括了。毕竟，那些土生土长的，不需要为这些事操心。"

保琳不想继续关于凯蒂的话题，对此她有很多理由。她觉得这个周末凯蒂一定过得糟糕透顶。于是她把母亲从这个话题引开，试着劝她戒烟。作为她职责的一部分，她每周至少要劝一次。

"你今天下午差一点把自己点着了。"

"我都没注意到，"本特利夫人心不在焉地说，"可是这

---

[1] 法语：指变化多端的人。

样死掉是多么壮观啊。甚至电台都会把它当成新闻。"

"我本来应该在那个摊子上买个蛋糕的,"保琳考虑着,"凯蒂肯定要饿死了。"

但凯蒂在小花园里度过了很愉快的梦一般的下午,迷信地读着她的演讲稿,尽管她知道稿子已经完成,而且还很不错。她走到村里的小店,买了一包涂蜡的茶饼,把它们烤了,又用水壶烧了水,所以当保琳和本特利夫人回到家的时候,第二壶茶已经沏好了——凯蒂觉得这是她至少能做的,因为保琳这么好心地邀请了她,而且不管凯蒂什么时候要走,保琳都准备随时开车送她去车站。凯蒂现在急着要赶回伦敦,回到她自己设计的、让她心无旁骛的那套程式中去,那套程式现在让她因为期待而战栗。于是,喝完茶之后不久,她就问本特利夫人,是否可以原谅她告辞,解释说她还有工作要做——其实她并没有——而且拍了拍那条仍然昏迷着的狗。保琳怀着某种猜测,把目光固定在她的身上。凯蒂迎着保琳的目光,感到这次造访抵达了某种自然的终点。她吻了吻本特利夫人。本特利夫人看上去有些吃惊,但还是因为凯蒂的关心而感到高兴。"我祝你星期二一切顺利,我亲爱的。"本特利夫人用她通常说话时的那种腔调大声说道,"记住把你的声音瞄准礼堂的后面。尽量不要去看任何人,他们会想,是不是你在发送什么秘密信息给他们,然后你就会想,你到底做了什么事情让他们这么不自在,这样你就会紧张了。"这不是个令人愉快的建议，但凯蒂觉得这个建议还是有用的。我必须记住不要去看莫里斯，她想。

在汽车里她很安静，心里想着未来这个星期她将要经受的各种煎熬。她的演讲安排在晚上，瑞德迈尔教授邀请她在这之前去喝一杯雪利酒——"尽管我知道你不需要酒后之勇，莫勒小姐。我们知道你准备的材料质量很高。很棒的东西。很棒的东西。"凯蒂想道，这种场合会比演讲本身还要累人，特别是因为其他一些人也会在场，而只要是这种情况，瑞德迈尔教授往往会向客人们透露关于新楼的修正预算的细节。他的客人们因为厌烦，总会目光呆滞，总会喝得太多，凯蒂想象着他们在演讲的时候睡着了，朝空气中发送着他们的鼾声，而当一切都结束的时候，还得靠别人用胳膊肘推他们才能醒过来。对于演讲本身，她倒可以仰仗自己的打字稿，还有露易丝做的衣服。只要我能够不紧张，效果就不会很糟。无论本特利夫人怎么说，我必须记得不能大喊大叫。穿着那样的衣服是不能大喊大叫的。而且从今天起一直到星期二，我都必须多多睡觉。

炎热中的伦敦显得很安静，尽管这是个非同寻常的好天，街道上看起来空无一人。她回到公寓的时候，心里有些焦急，但又昏昏欲睡，这有些出乎她的意料。她觉得这是因为她周末太专心用功了，还因为本特利夫人给了她那样一个奇怪地令人不快的建议——在演讲的时候不要看任何人。她曾经想象自己会热切地和听众沟通,想象他们也同样热切地回应她。她曾经设想,她的演讲会是那种自己从未实现过的公开交流。而现在,她意识到,这次演讲又将是一次高度紧张的独奏演出了。她叹了一口气,开门进了房间。

一个粗犷的、演员般的声音,透过墙壁传来。这声音正讲述着发生在伊丽莎白时代英格兰的偷羊事件。几分钟之后,卡罗琳敲门了。凯蒂打开门,看见卡罗琳身穿紫罗兰颜色的棉布印花裙装,脚蹬紫罗兰颜色的凉鞋,脸上还抹着配套的紫罗兰颜色的眼影。她显然花了一整天在修饰自己,因为她的头发和指甲都毫无瑕疵。"感谢上帝,你总算到家了。"她说,"我快无聊死了。"她走进凯蒂的公寓,把关于偷羊的仔细说明留在了身后。"到乡下去一定很好玩。你真有运气,凯蒂。现在可没人邀请我了。"

"可是你那么多的朋友……"凯蒂开始说。

"现在我离了婚,他们都不想理我了。你知道单身女人有多惨。那些有丈夫的都会联合起来。单身女人对她们是个威胁,凯蒂。"

凯蒂并不把卡罗琳当作威胁,因此她没什么话可说。然后她意识到卡罗琳是准备整晚待在这儿了,于是她在心里盘算自己还剩下多少个鸡蛋。"你和我一起吃点心,好吗?"她和颜悦色地说。接着她更加和颜悦色地说:"你可以把那个东西关掉一会儿吗?我再怎么也没法想象你可能对伊丽莎白时期的羊感兴趣。"

卡罗琳大笑起来，她轻飘飘地离开了，随身带走一小片香气扑鼻的云，接着又轻飘飘地回来了。"说实话，我什么也吃不下，天气太热了。你给我看看你演讲穿什么衣服吧。我还没见过你的新裙子呢。"凯蒂看见她脸色泛红，像个孩子一样满怀期待，于是顺从地走进卧室去换衣服。衣服还是那么漂亮，但凯蒂不喜欢镜子里的自己。我劳累过度了，她想道。而且我等了这么久，这在脸上也能显出来。我也很厌烦和女人做伴。要是我能见到莫里斯该有多好。要是他在这儿，而不是卡罗琳，该多好啊。他为什么不来呢？难道我只能靠演讲来吸引他的注意吗？我需要从他眼神里读出些什么，我怎么能避开他的眼睛呢？为什么他让我等了这么久？

"非常好。"卡罗琳犹豫不决地说道，"可你不觉得你应该让它活泼一点吗？我想，要是你戴我的项链，围一条彩色的头巾……其实是你的脸需要打扮一下，要是你不介意我这么说的话，凯蒂。待在这儿。我马上回来。"

她回来的时候，手里端着一大堆瓶瓶罐罐的宝贝，还拿来一双后跟很高的凉鞋。她指挥凯蒂先试试凉鞋是否合脚，自己冲进卫生间，拿了一条浴巾，披在凯蒂的肩上，开始着手给凯蒂化妆，一边做还一边高兴地哼起歌来。我得由着她的性子，凯蒂想道，一边压抑住一个哈欠。今天晚上她算是尽兴了。我的一晚上可是毁了。

卡罗琳自豪地给凯蒂照了照镜子。各种各样的颜色让凯蒂的脸变得生动了：眼皮上的绿色，脸颊和嘴唇上奇怪的砖红色。事实上，她看上去像是卡罗琳的劣等翻版。戴上项链、披上头巾之后，她饶有兴致地发现，自己很像以前见过的、从George-Cinq[1]走出来的一个妓女。镜子里显出了凯蒂的另一个自我，她玩世不恭，精明强干，完全是法国派头，但此人并不是那个给人讲课的女人，也并不追求俭朴生活的和谐统一，更不渴望归顺于大多数人所拥有的信仰与习俗。这张令人吃惊的脸，暗含着极大的自信和老练。这张脸属于一个知道如何取悦的女人。卡罗琳非常喜欢这张脸。
"要我说吧，凯蒂，有时候你看上去心情抑郁，要是你不介意我这么说的话。就好像你……我不知道，跟人约会的时候别人爽约了，还是怎么的。其实你应该更主动一些。要是你坐在这个公寓里，什么事情都不会发生的。"她叹了口气。
"这我自己最清楚不过了。"她看上去是那么悲剧，凯蒂只好走进厨房，去烧一壶开水。她把衣服换了下来，但脸上的妆没有卸掉，她心里盘算着怎么尽早把卡罗琳打发走，把她妆扮自己所留下的痕迹清除干净，再睡个好觉。

她们俩都觉得今年夏天的天气非常宜人。而今天晚上还是个特别辛酸的夜晚，于是等吃完了煎鸡蛋，凯蒂建议去河

---

[1] 巴黎的一个高级旅馆。

边散散步。但卡罗琳不想去，看来她想要聊天，想要聊那些凯蒂不认识的人，在卡罗琳运气最好的那段时间里和她一伙的那些人。凯蒂礼貌地听着，但她心不在焉。我后天会见到他，她想道。过后我可以给他打电话，问他星期六的事，看他有没有什么要我做的。我对他感到这样害羞，简直是荒唐。不过，他不在身边的时候我才这样。巴黎好像是很久以前的事了。要是我们今年夏天能回去该多好啊。这次可以驾车去。我愿意他来给我做导游，向我展示他的法兰西。我可没什么能向他展示的。我不能指望他对我知道的事情感兴趣。我希望卡罗琳会离开。我想把脸上的这些东西洗掉。

卡罗琳越讲越失落，最终她告辞回家了。她离开的时候，收音机正在播放一个非常悲哀的节目预告。几秒钟之后，播报新闻的声音透过了墙壁。过了几分钟，她敲响了凯蒂的门。"我忘了祝你好运了。"她说，"可是你不会有问题的。我会来看看你准备得怎么样了。"要是这样的话，凯蒂想道，我明天就没有理由不一直待在外面了。要是她还来给我化妆，我简直会发疯的。我只好一个人坐到花园里去了。噢，一个人坐在花园里，我已经受够了。我现在需要改变。我再也不要独自一个人待着了。

她整理了厨房，然后走进卧室，这里还有卡罗琳刚才的努力所留下的痕迹。她展平了床罩，把卡罗琳忘记拿走的瓶瓶罐罐放在了一边。她心血来潮地又把新衣服穿上，想在镜子里冷静客观地看看自己。镜子里的自己姿态优雅,但看上去不太对劲。也许是太正式了,太不自然了。这是露易丝会称之为衣冠楚楚的那种样子,透着刻意要表现自己的用心。然后她意识到,自从她把新衣服带回家,开始在自己的公寓里、在自己的卧室里研究自己,她一直担心的是什么事情。我看上去就像我在让-克劳德的婚礼上那样。

他娶了一个爱说话的、矮小的、肤色稍暗的姑娘,叫克里斯蒂安娜,露易丝叫凯蒂代表他们家去出席婚礼。在新娘村子的教堂里,举行了一个非常漂亮的仪式。下午的盛大午宴一直持续到五点钟。一个远房亲戚把自己的房子借给了他们。他们都坐在草坪上的长桌边。上了很多道菜,每上一道菜他们都喝香槟。她觉得很有趣,但还是有一丝愁闷,特别是因为让-克劳德。凯蒂还以为他把自己忘了。但他朝她举起了杯子,向这个从英格兰来的人敬酒,而她当然也得回敬。下一个是你,他们七嘴八舌地说,那些年迈的贪婪的姨妈们,那些矮小的达观的舅舅们,下一个是你。你把这些书放下的话,就轮到你了。快了,快了。她微笑着摇摇头,他们倒了更多的香槟。

而当他们吃完巨量的午餐,当天光开始变暗,当微风吹起来,扇动起织花桌布的四角,他们走进了房子,开始跳舞。那些胖胖的姨妈们,那些皱缩了的舅舅们,还有穿着白色裙装的克里斯蒂安娜,她比先前更加爱说话了,也比先前更加活泼了。最终让-克劳德邀她跳了舞，搂着她几乎就像以前搂她那样，她的头发上能感到他温暖的气息。但现在她对他有点害羞，因为他看上去像个改造好了的人物，那么精干，那么前途无量，这令人很难回想起那旅馆房间里蜷缩在油纸里的火腿片，靠窗的那张摇晃不稳的桌子。现在他是个有职业的男人了，一个结了婚的男人。他有远大的前程，他马上就要在一座 maison de caractère[1] 里定居，那是他丈人家为他在郊区买的。她几乎不知道该对他说些什么，因此一直沉默着。但跳舞结束的时候，他轻轻地吻了她，说："你应该一直穿这种颜色。黄色是你的颜色。过不了多久，你就该请我参加你的婚礼了。我希望你会像我今天这样幸福。"

而当天色变黑，那些姨妈们、舅舅们在桌边的椅子里坐着，喝着咖啡，问起露易丝的事情，凯蒂试着告诉他们，她和瓦金身体都很好，仍旧彼此相爱着，但她心头感到刺痛，她知道他们多么想来，他们又多么不敢期待另一场像这一样的婚礼——不敢是因为看来这已经不太可能。姨妈们、舅舅们都点着头，他们不需要听她的解释，因为他们已经考虑过露易丝和瓦金的处境，也考虑过这个与他们自己如此不同的、穿着讲究举止优雅的姑娘。他们包了一盒盒的 petits fours[2] 让

---

[1] 法语：有特色的房子。
[2] 法语：一种葡萄干小圆饼。

她带回家，还给了她一瓶香槟，让她请他们为新娘的健康而干杯，他们也会为她的健康而干杯的。夜晚大家分别的时候她有一点伤感，也非常疲乏，而且天气转凉了，她搭乘别人的车离开时，她听见在空空的亮灯的房间里手风琴还在响着。

这段记忆现在生动鲜明地回到了她的脑海里，她不知道自己以前怎么会忘了。露易丝和瓦金在她描述婚礼的时候点着头，在寄来的照片前沉思着。许多照片拍的是新郎新娘。有一张照片里克里斯蒂安娜穿着白礼服，居高临下地回过头来。还有整个家族的合影，大家都举着杯子，站在铺着织花桌布的长桌后面。啊，他们吸了一口气。他们小口地啃着 petits fours 说，不，他们得留着香槟。留到下一次机会，他们说。而且他们都各自默默地在想，那另一次机会该是什么时候。

但自从凯蒂遇见了莫里斯之后，关于婚礼该是什么样子，她形成了自己的想法。她意识到，法兰西的那个迷人的下午，连同那些富态的姨妈们和整洁的舅舅们，不可能再重复一遍了。他们是不是和她的婚礼相称呢？对此她的头脑里也滋生了令人烦恼的念头，而且她无法排除这些念头。他们还记得她母亲（尽管当时没办法请他们来参加她母亲的婚礼），他们中有一两个，在这么长的时间之后，想起她可悲的死亡，还掉下了几滴眼泪。当她看见泪珠从通红的脸上滑落，滑过模糊不清的嘴唇，看到戴戒指的粗手指用精致的手绢把浓厚的脂粉抹脏，凯蒂觉得心软，但还是为他们感到羞耻。她自己的婚礼，她从来也不敢想，除非……除非她能更加完美地复制那个场景，能说服那同样的远房亲戚出借同样气派的房子，能把另一条长桌放在同样的夏日草坪上，以此让她的新郎因为这个奇特而充满魔力的场景而兴高采烈，让大家忘记所有的隔阂，克服所有的民族禁忌。但现在看来，她自己已经变成了一个与那时完全不同的姑娘，她专注于某种与那时不再相称的东西，已经有太长时间了，她已经不再那么天真，她变得更加紧张了，感情也变得更加炽热了。那些姨妈们、舅舅们，要是他们见到今晚的她，要是他们知道她是怎么坐在英格兰中部黑暗的小农舍里度过星期天的，都会惊愕地摇头，会撅起嘴唇，会写信给露易丝要求她解释。但那不是她的错，凯蒂想道。她站在卧室里一动不动。那完全不是她的错。那是我的错。

那是因为，她欣然接受了自己心目中父亲的传统，尽管她从来也不认识他，更不知道他的立场。她把那褪色照片中的年轻士兵，当成了英格兰的形象，正如她把莫里斯当成了她心目中英格兰的理想。而那个形象、那个理想都不坚实，完全不同于那些通红的脸，那手风琴，那披着白纱、仔细安排了拖裾的克里斯蒂安娜和她按照乡村照相师的指挥转过来的热情的脸。她训练自己不去回想让-克劳德在她头发上的呼吸，不去回想他祝愿她如同他在那天一样幸福，而是把所有这些都替换成一种对于轻松自如的举止的欣赏，对一种不事声张因而更加浓厚的魅力的欣赏，对一部讲稿文档的欣赏——她愿意花太多太多的时间来把这文档收集齐全。当她把裙服收起来的时候，她想道，可是我在遇到他的那一天就决定了，我现在没办法走回头路了，因为我回不到任何地方去了。我要等待，我要希望。用美换取你们的灰。我必须等待，我必须希望。因为每个人都会变，我也能做到。

在她凉爽的床上，在夜晚的寂静里，她安宁而又疲惫。她想着这个奇特的周末，想着未来的更加奇特的一周。她想，在这个世界上没有什么力量能把我和我爱的人分开。而且，我不得不作这个演讲，这件事本身也是恰当的，甚至是有趣的。这样我就会和瑞德迈尔教授、保琳还有其他人一起，而不是和舅舅们、姨妈们一起，开始进入我将来必须去过的生活、我将来会学着去过的生活。那儿没有音乐，没有香槟，没有跳舞，但那儿有世界，有书，还有大教堂，而我会学习，还会给他们寄明信片，让他们知道我并没有忘记他们。但我已经把他们留在了一旁。他们的活法不是我的活法。我的活法也不是他们的活法。

在她昏昏睡去的时候，她想象着一种非常丰富而幸福的生活，教书，学习，记笔记，记笔记。她看到自己安详、和蔼、稳重、得体。格洛斯特郡的风景再一次对她展开，她看到保琳和本特利太太完美地居住在那儿。她还记得那天在庄园旅馆的花园里喝茶的情形，她意识到，如果自己有机会的话，完全有可能以这种模式来生活。当她的呼吸更加平稳，当她侧过身去睡，她因为自己的决心和雄心而感到相当安全，将要到来的这个星期也显得非常轻易。她怀着爱和怜悯，想起让-克劳德和新娘跳舞，想起他用来祝酒的香槟在太阳下变暖，想起他在她头发上的呼吸，终于她睡着了。

但是，那天深夜，她却浑身冒火。

第十四章

整个晚上凯蒂都极其烦躁不安,最终才昏沉地睡去。她从短暂的睡眠中挣扎出来,坐在床上,准备去面对新的一天。这空虚的一天中,只有再次修改演讲稿的任务在等待着她。凯蒂突然觉得自己被打垮了,她需要援助。

火热的太阳已经升高。卡罗琳的收音机传来的天气预报,也证实了今天又是酷热天气。广播里还告诫驾驶员们,在因为暴晒而融化的柏油路上,要谨慎行驶。凯蒂·莫勒煮了一壶咖啡,却喝不下去,只好吃了一个苹果作罢。她洗了一个漫长的冷水澡,穿上一件棉布旧连衣裙。这时候她才想起了那个算命的女人。

她一动不动地在房间里站定,双手紧握在裙子口袋里,心里盘算着是否该和卡罗琳说些什么。但随后她就知道,自己必须悄悄地行动。她转身开门的时候,下意识地强迫自己变得轻手轻脚,直到走上街头,才松了一口气。

她一边鄙视着自己，一边却不由自主地往前走。她担心是否能见到那个女人。要是见不到呢，要是那个女人不在家呢，凯蒂简直无法面对这种可能性。可是当她走近那座小房子的瓶绿色大门，她发现那只猫还蹲在窗台上。而且她一按门铃，埃娃太太立刻就开门了。埃娃太太身穿花布罩衫，透过眼镜温和地看着她，手里拿着一个尘拂。

"你好，亲爱的。"她说，"你是不是要算命？"

凯蒂点点头，说不出话来。

那个女人犹豫着。"我正好想出去买点东西。这么热的天气，再晚就不想出门了。"她更加敏锐地看了看凯蒂。"你周围有很多让人紧张的事情，对不对？"她把尘拂放到罩衫的口袋里，示意凯蒂进门。"我去煮一壶咖啡。"她说，"进来，亲爱的。你认识路的。"

如释重负地，凯蒂在塌陷的扶手椅那柔软而肮脏的垫子上陷下去，凝视她挑动起来的、在早晨的阳光中旋转的尘埃。既然她已经来了，她一天都不想再动。她的疲乏和沮丧突然消失了，尽管她的心跳得厉害。她留意到自己的手在颤抖。那只猫，刚才安静地跟着她进了屋，已经在窗前的小桌上卧下，时不时地打着哈欠。埃娃女士脚步沉重地端着咖啡走进来，在她对面吱吱作响的藤椅中坐下。有一刻她们都没有说话，尽管凯蒂听见——但没有看见——她一口口地啜着咖啡。凯蒂感到她在打量着自己。

"你看上去气色不错。"她最终说道,"到乡下去了?你是个相貌出众的姑娘。"她补充了一句,用叠起来的淡绿色纸巾擦着嘴。"不同寻常。你别低估了自己。"

凯蒂感激地对她笑笑。我会听到真话的,她想道。上一次我也听到了真话。尽管我忘了细节。

她像往常一样叹了口气,从她椅子旁边的袋子里拿出水晶球,用绸手绢擦拭着。她看上去不像前一次那样面无表情,在炎热中这次她显得更不舒服。凯蒂记得她说过这活计让她疲惫不堪。她本能地瞟了一眼那金字塔形状的头发,头发还是那么一丝不乱。埃娃太太在椅子里挪动了一下身子,俯身向前,捧起凯蒂的手。她又一次沉默了。

"你最近在想着婚礼。"她说。

凯蒂吃了一惊,抬起眼,又低下头,感觉到那双手把她的手握得更紧。

"噢,是的,你在想着婚礼。在乡下的什么地方?"

凯蒂点点头,但什么也没有说。那女人又叹了一口气,在椅子里动了一下。

"我看到一间屋子,屋里有很多人。你在里头,面对着他们。我不知道这是什么意思。"

"我知道。"凯蒂低声说,她的眼睛现在半闭着,半梦半醒地期待着她将要听到的东西。

"成功。"那女人突然说道。她的眼睛更加敏锐地聚焦在凯蒂的脸上。"极大的成功。不用操心。"她移开一只手,用绿色的纸巾擦了擦嘴,又把纸巾放进她罩衣的口袋。

"接着呢?"凯蒂用畏怯的声音斗胆问道。

那女人又叹了一口气。"你有很多仰慕者,"她慢慢地说道,"简直把你包围了。"

这对凯蒂来说,并没有什么意义,她决定忽略不计。

那女人又一次挪动身体,显然她在炎热中不太舒服。"你知道吗?你会变得相当重要,"她说,"大家都围在你身边。你不会孤单的。你以前一直很孤单,是不是?"

凯蒂点点头。

"这都已经过去了,"那个灵媒说道,"现在这都过去了。你不会再像以前那样孤立了。你会很有保障的,很稳定。"她的头在合捧的手上俯得更近。"非常体面。"她补充道。

凯蒂的心跳得更加剧烈,她感激地看着埃娃太太。她看得出来,因为炎热,这个女人正经受着某种痛苦。她看见细细的汗珠在她的上唇上形成,看见在印花的尼龙质地的衣服包裹中,她胖胖的身体不很自在。然而握住她手的那双手是干燥而有力的,那双手强迫她在肮脏的扶手椅中保持低陷的姿势。这双手对她的稳固控制,让她感到惊奇,尽管,很突然地,她觉得自己该走了。她会走回公寓,给自己做一顿像样的早餐,整理一下房间,好好利用太阳,读一些切合实际的书。她开始因为那把她引到这房间来的冲动而感到羞愧。

她感到自己的手被翻转着，朝下看去，她发现那个女人在察看她的手掌。

"你自己也有一点通灵，"她说，"你自己知道吗？"

"嗯，我有时候会有奇怪的感觉，我自己都不理解的感觉。可每个人不都这样吗？难道不是吗？"

"是啊，在某种程度上是这样。"她迟疑了一下，放下凯蒂的手。"你有什么事情要问我吗？亲爱的？"

"你说你看见一个婚礼，"凯蒂畏怯地说，"它会很快发生吗？"

那浅绿色纸巾又一次叠了起来。"噢，是的，"那灵媒说道，"肯定是个婚礼。"她看上去有点心不在焉。她又叹了口气，从她身边的盒子里又拉出一条彩色纸巾。"好运，亲爱的。一切顺利。咨询费和以前一样。你的朋友还好吧？"

"我觉得她有点孤独。"凯蒂递过钱说道。

"我敢说她确实有点孤独。不会太久了。亲爱的，一切顺利。"

她把凯蒂送到了门口。猫从她身边跳过，跑出去消失在街的尽头。她们在它后面看着，惊叹它在这么热的天气还这么灵活。上午的天气很热，最好躲在阴凉的地方。凯蒂和埃娃太太都本能地举起一只手搭在眼眶上。

"太热了。"那女人叹了口气，"说实话，我不太愿意出门。家里不管还剩什么，我想将就将就就算了。"

"你想买什么？"凯蒂问道，"我可以替你去买。我挺喜欢这种天气的。"

埃娃太太看着她笑了笑。"我只要一条面包。"她说，"还要两罐沙丁鱼。一罐我吃，一罐它吃。还要几个西红柿。其他的我都有。你确定吗？这样就省得我出去了。拿着我的钱包。不用急。我整天都在家里。"

凯蒂从钱包里拿了些钱，放进自己的钱包。她转身走向融化着的大街，迟疑了一下，然后走进一家咖啡馆，要了很大的一份早餐。她胃口很好，把东西全部吃完了。她觉得食物和高温让她增添了活力。她在桌上留下一笔慷慨的小费，决定在替埃娃太太买东西的时候，自己顺便也多买些东西。现在她已经不太留意时间了，因为她在脑子里想着体面、成功、给她送上门来的婚礼种种之类的东西，一种欣快的感觉占据了她，让她觉得自己完全沉浸在这夏日的阳光里，沉浸在过渡性的一天这奇怪的闲暇里。

她买好了东西，回到那个灵媒的房子跟前。但她按门铃的时候，没人答应。她又按了一次，觉得迷惑不解，因为那个女人说过她今天不准备出门的。她朝街上退后了一步，扫视楼上的窗户。四周没有声音。然后隔壁的门开了一条缝，露出一个表情平静的金发的大头，接着又露出了壮实的身体，穿着长裤和浅蓝色棉布衬衫。"你是要找卡特赖特夫人？"邻居问道。

"埃娃太太。"凯蒂没有把握地说,"我替她买了东西。"

"我估计她出去了一会儿。"邻居说。她伸出手要凯蒂的袋子。"交给我可以吗?"

"她说过她不会出去的。"凯蒂低声说,一边把袋子递过去。

"噢,她不会走远的。也许你会在附近看见她。"接着,她礼貌而坚决地关上了门。

凯蒂有些心慌地慢慢朝大街的方向走去。那个埃娃太太,现在她知道也叫卡特赖特夫人,明明不愿意外出,居然会消失不见,这在她看来有些奇怪,甚至令人不安。当她走到街角的时候,回头望去,顿时觉得放松了。她看见那个灵媒手里抱着猫,在她房子对面的一个转角处出现了。她也看见了凯蒂,朝她挥手。凯蒂也挥着手,奇怪地感到如释重负。两人互相面对着,一边倒退着一边挥手,直到彼此都看不见对方为止。

凯蒂惊奇地发现,已经快一点钟了。她突然觉得剩下的半天不再是个问题。她买了张报纸,走回咖啡馆,吃了午饭。她翻看着报纸,又要了一杯咖啡,一直等到店里的一小群顾客起身回去上班。现在店里除了咖啡机的噬噬声、意大利老板缺乏旋律的忧郁口哨,没有任何声音。凯蒂坐在玻璃窗旁,宽容地观看起窗外的街景。但她发现人群让她过于分心,还是她自己的思绪更加重要。她的目光转向桌子,转向桌上的玻璃花瓶。花瓶里装着三枝深红色的衰败的康乃馨。她拨弄着花朵,再把花瓶举到鼻子跟前,嗅着甜蜜的香气和隐约的腐烂气息,甚至把她的脸掠过纤细的无限柔软的花瓣,心里想着花茎的紧致和花朵的繁复。然后她把花瓶放下,点燃了一支香烟,嘴角隐隐含笑地想着流逝的时间。过一会儿她就可以走回家去,沏一壶茶,再过不久天就黑了。晚上她真得工作了,不过她会早早上床,剩下的就都很简单了。

但她仍旧坐着不动,看着康乃馨,她香烟的烟雾飘浮在头顶。直到那个意大利老板叫:"再来一杯咖啡,小姐[1]?"她才吃了一惊,点点头说:"还有,请给我账单。"她把自己的报纸给了他,又深吸了一口气,摁灭了香烟。她把咖啡喝完,起身走到街上。大家都在抱怨着高温,但口气都很幽默,就好像他们很享受折磨似的。当她走回公寓,她觉得好像一天都是在梦中度过的。确实,一种梦幻般的心境还在持续着。甚至当她重读她的演讲稿,当她用香波洗了头发,当她把床单换掉,她仍旧觉得恍如梦中。同样的梦幻氛围,驱使她坐到窗前,她没有留意到天光收敛起它的炫耀,阴影在渐渐变长。到八点钟的时候,她站起来煮了咖啡,又吃了一个苹果,过后不久就上了床。

---

[1] 原文意大利语 signora.

她睡得很沉，醒来时感到非常平静。

她十一点钟出了门。穿着她的黄色裙装，脸上不施脂粉，她感到自己可以和这明亮的白昼互相匹敌。她独自乘车，又愉快地从车站步行到了大学。她和保琳一起吃了午饭，然后在保琳的办公室消磨下午的时间。保琳一直对她毫无苛求，有她在身边凯蒂觉得安心。保琳的眼睛盯在考试日程表上。她不想和今天这个入会仪式发生任何关系。虽说凯蒂满怀喜悦的期待神情感动了她，但她觉得凯蒂就像个等待聚会的乖孩子，她觉得自己并不负有对凯蒂进行长期培养的责任。在这方面她已经做得够多。

"行了。"她终于说道，一边用粉扑刮着自己的脸。"我们去把这件事情了结算了。我的意思是说，瑞德迈尔的这件事情。剩下的就都属于历史了，用不着我来负责。走吧，凯蒂，打起精神来。你的衣服很漂亮。你果真记得今天是怎么回事吗？你看上去就像在做梦。"

凯蒂清了清嗓子。"我已经准备好了。"她说。

"啊，莫勒小姐，"瑞德迈尔教授叫道，"还有本特利博士。多么令人高兴。请进来。"她们不得不承认，他对这些事情确实在行。他能一直维持兴高采烈的气氛，直到最后的客人离开为止。他去过那么多的聚会，很少需要考虑该说些什么，因为他知道，任何有意义的话，都和这种场合格格不入，尤其是因为，即便你的话有人应答，你也几乎听不清楚人家说了什么。已经有很多人到场了。凯蒂注意到西班牙语和德语的教授们,那个罗杰·弗莱讲席教授——他看上去很热,也很闷闷不乐——和他的妻子,还有形形色色的大学之友们。没看见莫里斯。凯蒂接过一杯雪利酒,一时感到非常害怕。她并不担心自己的演讲。演讲稿已经写好了,不管她感觉如何不堪,她都会正常运作的。但看着这些人,这些将要成为她同事的人,她突然觉得和他们如此疏远!瑞德迈尔叫着"很棒的东西,很棒的东西";他心怀不满的秘书詹妮弗,手里捧着惯常的雪利酒瓶,在来回穿梭着;那个罗杰·弗莱讲席教授的脸很快就变得通红了;他的妻子则狼吞虎咽地嚼着花生米;大学之友们毫无禁忌地高声说着话,她们中没人知道凯蒂是谁,没人知道她是干什么的。她们的衣服可真难看,她想。她紧靠在保琳身边,因为尚未获得莫里斯的准许,她不愿意到这陌生的海里出航。莫里斯一旦出场,她就会重新活跃起来的。

瑞德迈尔教授走到她们跟前,一只手掠过稀疏的长发。"今天你的听众阵容相当强大,莫勒小姐。我希望你不会紧张吧?"突然,她感到紧张了。

"结束之后我会如释重负的。"她笑了笑。

"当然,当然。要是我这么说能让你感觉好些,我可以告诉你,也许好事还在后头。当然,我现在什么也不能说。但我觉得你应该感到自信。啊,莫里斯来了。我已经在想他是不是有事耽搁了。"

莫里斯毫无缘由地穿着晚宴夹克，看上去极其英俊。他跟几个人打着招呼。他走进来的时候，很多人都抛开自己的谈话对象、自己的配偶，抛开无论什么正在讨论的话题，朝他转过身去。凯蒂如释重负，她的脸容光焕发。她忽视了保琳警告的目光，好像要走过去迎他。但尽管他朝她微笑，他的目光却掠过了她，她若有所盼地站着，心里感到惊慌。为什么他穿得这么正式？他要到哪儿去？为什么她不知道？她意识到自己对他的生活知之甚少，但在这个当口，这种知识却是不受欢迎的，因为她想要感受自己新近获得的自信。她非常渴望享受自己的期待，不想让这种期待受到损伤。

保琳看着她，很快地说："我觉得你得处理一下拉尔特的事，凯蒂。看来他对你很亲近。"

"可他的学业进展得不错啊。"凯蒂说道，她的眼神仍旧很茫然。

"他又在城里惹是生非了。我说的城里，是说自行车厂，还有车站附近那个讨厌的咖啡店，长途货车司机常去的那个。你去和他谈谈？我们的话他听不进去。他把我们都看成是老年公民，觉得我们对性的快乐一无所知。"她停顿了一下，又补充了一句："我们中有一些人也确实如此。"

"我真的不觉得我能……"凯蒂开始说道。但在这个时候，瑞德迈尔教授走到了她跟前。夜晚的炎热，更增强了他的和善。

"一旦你准备好了,莫勒小姐,我会非常简短地把你介绍给听众。祝你好运。对她来说这是个折磨。"他用几乎同样的语调对他左边的大学之友说道。与此同时,保琳碰了碰凯蒂的胳膊,又朝门的方向点了点头。真的吗,凯蒂想道,她一时间被刺痛了。我可不是聋子。我也并非无能。我甚至对今晚还有点厌烦。结束之后,我还想跟人一起去吃晚餐,而不是直接回家。家里可只有卡罗琳在等着。"你好,莫里斯,"她刻意地用随随便便的口气说道,"难道你要一直坐到演讲结束?你肯定会闷死的。"他朝她笑了笑,就好像他知道她正在想着的一切,也知道自从他走进房间之后她想过的所有事情。"我当然必须来。晚上好,保琳。""晚上好,莫里斯。"保琳说道,她催促着凯蒂往前走去,她的手在凯蒂的胳膊上抓紧。一阵恐慌的浪潮涌过凯蒂的全身。我还没准备好,她想道。不会像我想象的那么容易。她的目光转回到莫里斯站着的地方,看见莫里斯被一个大学之友缠住了。他越过那个大学之友的肩膀朝她眨了眨眼,她又重新觉得一切正常了。

她站到了演讲台上,而瑞德迈尔教授则开始了他所谓的简单介绍。但不知怎么一来,他非常详细地谈起了自己制订的关于新楼结构的方案。她感到相当镇定。她做出一副很感兴趣的样子,尽管她能看见在第一排就座的那个罗杰·弗莱讲席教授正用手按着前额。来了这么多人，而且很多人她都认识，让她确实有些恐慌。根据自己的经验，她知道很多人已经临时打起了瞌睡，她或许能把他们唤醒，或许她做不到。莫里斯站在门的旁边——上帝保佑他——她可以时不时地瞟他一眼而不被察觉。她开始感觉到一种职业性的挑战。这件事可一定得做好。礼堂里坐得出奇的满，不仅有罗曼语言系的学生，而且有很多好奇的旁观者。这些人来听特别安排的晚间演讲，很像观看斗牛或者斗兽比赛，他们是来看看表演者是否会受伤。天气酷热。看来瑞德迈尔教授快要到达令自己满意的结尾了。她直了直腰板，放松握紧的拳头，清了清嗓子。她允许自己最后看了一眼莫里斯，然后看见了拉尔特。拉尔特正厚颜无耻地咧嘴笑着给她鼓劲呢，他还暗暗地挑起了大拇指。凯蒂笑了笑，而当瑞德迈尔教授转身看她的时候，当她听见一些稀稀拉拉的鼓掌时，她感到很自信。"女士们，先生们，"她用清澈的嗓音开始说道，"如果你们允许的话，我想考察一下浪漫主义传统的某些方面。直到今天，这个传统仍旧影响着我们，尽管我们不一定能认出它来。这是因为，虽然我们觉得自己知道浪漫主义者是什么样的人，那些浪漫主义者自己却不总是知道。"礼堂里有些人低声地笑了起来，演讲开始了。

第十五章

在酷热中,在早晨刺眼的阳光下,老教堂街和某个被遗弃的地中海港口有几分相像。空旷、安静、被太阳暴晒着,因为长期干旱,人行道早已灰尘满地。星期六早上七点,凯蒂把头探出窗户,她可以闻到一百码开外河流的气息,由于水位很低,腐臭经久不散。太阳把她的胃口榨干了,也几乎把她的思绪榨干,她无法设想夜晚降临时的情形,严酷的眩光到那时才会减弱,一小群人会聚集在酒馆外的人行道上,停留在那儿,在温暖的乳汁般的空气中久久不动,直到天光完全消失。

在这种天气里,还要穿戴整齐,好像有点不自然。她考虑是否要穿着睡衣待在家里,等到需要为晚上做准备的时候再说。但这样做显然是不合体统的。再说,这非同寻常的阳光,有一种先发制人的吸引力,就好像她必须走到阳光里,去感受它的威力,就好像不这样做就是某种变态。在英格兰的各处，明白事理的人们都坐在树荫底下。而那些陶醉于烈日的人们，则把自己的脸和身体天真地奉献给它，等着它来改善平常那个苍白的自己。因为没有私家花园，凯蒂只得沿着她家附近晒白的街道游荡，或者坐到河边的小公园去。她害怕那个地方，因为她还记得那对年迈的母女，也因为卡罗琳也常去坐在那儿，浑身散发着不满的情绪。凯蒂自己的情绪非常安定，这种状态足以维持到晚上，但她觉得，让这种宁静的心态毫无必要地受损，是件很可惜的事情。不管怎么说，她还是在花园里度过了大半个上午。

有很多事情可以考虑。她最近很受欢迎，大为成功，她还不太习惯这样的处境。她顺利地通过了演讲的考验，自己倒不太觉得意外。那天独自回家的时候，她感到身心安乐，几乎感到了自己的价值。她被告知，自己已经得到了下个学年的永久性职位，可以说她的学徒期已经结束了。有两天的时间，她一直沉浸在这个消息带给她的安全感之中，一直期待着令人愉快的未来。令人愉快，是因为这样的未来与自己平凡的价值正好相称。令人愉快，是因为这样的未来正是她想要拥有的。用某种方式，把她与众不同的起源，融汇到她较强的语言背景中去，这正是她一直努力想达到的境地。令人愉快，还因为她终于有了一种归属感，可以把自己和一个机构联结在一起。她没有太大的抱负，也没有太多的经验，但在这个机构里，她的抱负能够而且必将得到施展。可以说，这将是她白天的自我。对于更加强烈的情感和喜悦，对于更加令人乐观的未来，她会把信仰寄托在莫里斯的（也是她的）晚宴所导致的一系列事件上。在她生命中这是第一次，她对未来充满信心。

花园里空无一人。沿着泰晤士河堤岸，载重卡车在微光闪烁的空气里隆隆驶过。阳光强烈，凯蒂几乎没法忍着继续读书。在她觉得是午餐的时间，有几个人带着啤酒杯从啤酒馆走来，他们松开了领带，不一会儿还把衬衫脱了。她头晕目眩地站起来，意识到她必须回家吃点东西，意识到时间比她估算的要晚。她要今天的一切都井井有条，她要自己安全地掌控一切，就像在那个让人心惊胆战的星期二那样。她要做得出类拔萃。她带了面包、奶酪和两个桃子回到家，煮了浓咖啡，有些拿不定主意下午该做什么。周围很安静，估计卡罗琳不在家，尽管这不是去哈罗兹的天气。"你在那儿每天都干些什么？"凯蒂有一次问她。卡罗琳看上去很茫然。"可我并不是每天都去啊。有时候我会去哈维·尼科尔斯[1]。"看来她觉得这已经是个完整的回答了。凯蒂突然很想念她，很想听见《妇女时间》这档节目的声音，或者随便什么日常的喧闹声都行，这些声音给人以安慰，让人觉得正常的生活还在继续。这样的寂静实在很令人恐慌。她把头探出窗外，

---

[1] Harvey Nichols，伦敦的大商场。

就好像她能召唤出卡罗琳走在回家路上的幻影，但街上空无一人。真的，她想道，工作反而比较轻松，我生来就是个闲不住的人。这个离经叛道的想法，不久又引出了一系列其他的念头——一种非常轻微的厌倦、一种烦躁、一种想在瑞德迈尔教授和其他人面前炫耀的微弱欲望。就好像一种明确的策略突然伸手可触，现在就可以着手实施了。就好像通过展示迄今为止一直细心隐藏着的东西，她的地位可能会得到巩固。真的没必要再隐藏下去了，她想道。事实上再继续隐藏下去我会脸上无光，而不是相反。这真是个悖论。

她把剩下的咖啡倒进杯子里，很庆幸她的起居室不在阳光的直晒中，阳光正落在对面房子的窗户上。她觉得稍稍休息一下也许是明智的，尽管她一直不耐烦地想象着晚宴的成功，已经毫无睡意了。这不是那种在聚会前她常常感到的单纯的快乐，其中已经掺杂了想要推销自己的欲望，正如在那个炎热的夜晚，她在拥挤的讲堂里推销自己那样。她把咖啡杯放在床边的桌上，脱掉她的套装，躺了下来，她现在很庆幸四周是那么安静。她慵懒地把手伸向摆在咖啡杯旁边的书籍：一本哥特式建筑的历史，《阿道尔夫》，还有玛丽-特蕾斯的《圣经》。她突然觉得那些书已经没什么用处了。凯蒂笑了笑。它们帮我度过了难关，她想道。我不再会需要它们了。谢谢你们，她礼貌地补充说。

她一定是睡着了，因为她下一个清晰的念头是关于时间的。她已经算不清时间了。伴随着清醒,她感到了一种奇怪的不期而至的愁闷,就好像她本该在白天好好利用时间,做些有益的事情,而不是等到晚上才做。她苦恼地坐直身体,希望自己不会毫无征兆地被恐慌所占据。她发现自己在担心是否在这酷热的天气还能吃得下饭,而这种考虑本身又带来了那叫喊的可怕回声:"玛丽-特蕾斯!玛丽-特蕾斯!"这正是她的所有不幸的根源。但这些都已经过去了,她一边和绝望的情绪搏斗着,一边向自己担保说。这种恐慌是没道理的,它的起因仅仅是身体不适,还有低血糖。先沏一壶茶,喝完茶到外面去走走,再买一份晚报。她听从了自己的建议,就好像这建议是其他人提出的,但她注意到自己握着杯子的手在轻微地颤抖。

在街上感觉要好一些。那个菜贩罩衣的后背,显出了一片片的汗渍。孩子们歪倒在推车上,把一个手指含在嘴里,仿佛回到了婴儿时期。在酷热中也更容易和陌生人交谈。这酷热从人行道上升起,被路过的公共汽车裹挟着,像波浪似的一阵阵涌过。凯蒂发现自己在查看时间,就好像在估算什么时候回家准备才算合适。她现在不愿意离开繁忙而倦怠的街道,想要和普通大众融为一体,而不是被单独地标记出来,去经受这个巨大的考验或者巨大的成功,无论那结果会是哪一种。她想要在一天普通的工作之后回到一所普通的房子,坐在一个折叠躺椅上,吃点什么而用不着为此操心,看着天光变得暗淡直到消失，然后走进屋子，在一张毫不起眼的床上一夜安眠，心里知道第二天就和这过去的一天毫无二致。可这不会是我的生活方式，她想道。看来一切都会比我设想的要更加困难。

她开了门走进公寓，听见了五点钟新闻的声音。知道卡罗琳在家，她顿时感到一阵欣慰，先前的苦恼几乎在头脑中消失殆尽。毫无先例地，她按响了卡罗琳的门铃。卡罗琳穿着以前属于她丈夫的丝绸旧睡衣，睡衣上印着佩斯利涡旋的花纹。卡罗琳的眼睛有些浮肿。"你没事吧？"凯蒂问道。"说实话，我觉得有点不舒服。"卡罗琳回答说，"我正想吃几片阿司匹林，上床休息。你有什么书借我吗，凯蒂？"凯蒂给她找了一些平装本，还有最新的 Vogue，这是她准备明天带给外祖母的。"你需要什么吗？"她问，"我过会儿就要出门，你知道的，所以现在就想想吧。""噢，是啊。"卡罗琳说。她拍拍嘴巴止住一个哈欠。"你男朋友的晚宴。不，我不需要什么东西，谢谢你。回头告诉我晚宴的事。我估计明天我就好了。还有，谢谢你的 Vogue。"说完她就准备关门，但凯蒂迷信地伸出手说："祝我好运！""噢，真的吗？凯蒂，去参加一个晚宴，你不需要什么好运！只要想想我躺在这儿，你就应该会觉得好些。"然后她把门关上了。

她气色不那么好，凯蒂想道。要是她真的感冒了或者怎么的，我应该待在家里。她看了看手表。现在是五点半，她